辺境領主は大貴族に成り上がる!

チート知識でのびのび領地経営します

Author
潮ノ海月
Illustrator
すみしま

アクス・フレンハイム
父の突然の戦死により、
子爵を継いだ青年。
前世の日本の知識を持つ。
エルナ・ウラレント
隣国であるトルーデント帝国の
侯爵令嬢。
戦場に出てくるほどの男勝り。
コハル
アクスに拾われた
もふもふ魔獣。
三本の尻尾が
チャームポイント。

CHARACTERS
スイ
アクスに命を助けられた忍。アクスをお館様と呼び、仕えることに。
レイモンド・エクムント
王国南部に領地を持つ辺境伯。アクス同様、若くして爵位を継いだ。
リリー
アクスが雇い入れた元奴隷の少女。エルフと小人族のハーフ。

プロローグ

廊下《ろうか》からドタバタと騒々《そうぞう》しい足音が聞こえてくる。

「何の騒ぎだ!?」

俺、アクス・フレンハイムがベッドから起き上がった時、バタンと扉が開いて執事《しつじ》のセバスが飛び込んできた。

「大変でございます。ルッセン砦《とりで》が隣国の兵によって陥落《かんらく》いたしました。バルトハイド様は兵達と共に戦死されたとのことです」

「何！　父上が！」

俺は驚きのあまり顔を青ざめさせる。

俺の生家であるこのフレンハイム子爵《ししゃく》家は、リンバインズ王国南部、トルーデント帝国との国境沿いの一帯を領地として持つ。

リンバインズ王国は中央部、北部、南部、東部、西部の五つのエリアに分けられている。

その南部の中でもさらに辺境、トルーデント帝国との国境沿いの一帯を領地として持つのが、フレンハイム子爵領だ。

ルッセン砦とは、その中でも帝国との国境に面している、いわば最前線だ。

子爵だった父――バルトハイドは砦を守る任で、砦に出兵しているタイミングだった。

なぜならば、帝国が国境近くまでやってきているという情報が入っていたから。

それくらいの小競《こぜ》り合いはよくあることなので、父上も念のために出兵していたのだが……

その砦が落とされ、父が殺されたということは、この領地も危険だということだ。

当然、敵はこの領都フレンスを目指すだろうからな。

あー頭がクラクラしてきた。

思考が追い付かずに固まっていた俺は、とりあえず落ち着こうとお茶を口に含む。

しかし焦った様子のセバスが俺に詰め寄り、肩に両手を置いてガクガクと揺すってきた。

「もうすぐ敵兵が来ます。どうなさるんですか！　どうなさるんですか！　アクス様！　バルトハイド様が亡くなられた今、当主はアクス様ですぞ！　しっかりしてくだされ！」

思わず俺は、口に含んでいたお茶を噴《ふ》き出してしまった。

「な……何をなさるのですか……」

体を激しく揺すられたら、そりゃそうなるだろ。

セバスは俺の肩から手を離して、後ろへよろめきながら、必死に体を拭《ふ》いている。

ようやく気持ちが切り替わった俺は、少し思考が落ち着いてきた。

父上は死んでしまったのか。領民からも慕われていたのに……

しかし、今は悲しんでいる暇はない。

砦からこのフレンスまでは、そう遠くはないのだ。

俺は胡坐《あぐら》をかいて両腕を胸元で組む。

俺にお茶を噴きかけられてようやく落ち着いたのだろう、セバスが真剣な表情で目を細める。

「報告によれば、砦から向かってくる敵兵の数は約千余りでございます」

「砦に兵力を集中させていたからな。こちらの兵士は百人にも満たないぞ」

俺は頭をガシガシと掻《か》く。

領地のほとんどの兵士は砦の防衛に出陣していた。

よって、この街を守っている兵士達の数は極端に少なく、百人程度だ。

敵の兵力は約十倍。

これはどうにも勝てそうにないな。

敵は我がフレンハイム子爵家の領地と隣接しているトルーデント帝国。

ウラレント侯爵《こうしゃく》という人物が、我が領と隣接するエリアを統治していて、定期的に国境近くで小さな小競り合いが起きている。

今回もいつものやつだと思っていたが……どうやら帝国は、本気で侵略を始めたようだ。

俺は手をポンと叩《たた》く。

「これはあれだね。うん……降参だ。降参しよう」

「それでも武人として誉《ほま》れ高きフレンハイム家のご当主ですか。亡きバルトハイド様が聞いたら嘆かれますぞ」

「父上が殺されたから急に当主になっただけじゃないか。それに俺が戦いを苦手なことはセバスも知ってるだろ。十倍の兵に勝てるわけない」

我がフレンハイム子爵家は代々武芸で鳴らした家系である。

しかし、家族の誰もが武芸に優れているわけではない。

俺は幼少の頃から運動が苦手で、いつも父上との武術の特訓を避けて生きてきた。

いきなり一騎当千の猛者《もさ》になれるはずがない。

自暴自棄になる俺を見て、セバスは姿勢を正して片膝《かたひざ》をつく。

「せめてフレンハイム家の名に恥じぬよう、貴族らしく毅然《きぜん》とした行動をしてください。家臣としてお願いいたします」

セバスは俺が生まれる前から父上に使えていた執事である。

父上は常に忙しく、さらに母上は早くに病で亡くなっているため、俺を育ててくれたのはほとんどセバスだった。

使用人の中では、いつも一番にフレンハイム家のことを考えてくれている。

ここはセバスのために、少しでも策を考えてみるか。

俺は少しの間、目をつむって考える。

色々な考えが頭の中を駆け巡り――そして覚悟を決めて両膝に手を置いた。

「セバス、出るぞ。装備を整えてくれ。ああ、でもフルプレートはやめてくれ。どうせ重くて動けない。旅に出かけるような軽装備でいい」

「フルプレートではない？　では、出陣されるわけではないと？」

「ちょっと敵の動きを探りに行くだけだ」

俺の言葉を聞いて、セバスは顔を引きつらせる。

「まさか住民達を置いて逃げるつもりでは？」

「そこまで卑怯《ひきょう》じゃねーよ。少しは俺を信じろ」

武術を嫌っていた俺は、よく嘘《うそ》をついて訓練から逃げていた。

おかげで言い訳だけは上手く、そのことを知っているからこそセバスは疑ったのだろう。

セバスは俺を大事に思ってくれてはいるのだが、俺に対する信頼は薄《うす》いのだ。まぁ、俺の自業自得だけど。

まだ疑いの目を向けてくるセバスが準備してくれた装備を受け取る。

そして準備を整えて、剣と鞘《さや》を腰につける。

「お供に兵士はいらない。下手に兵士を連れて敵陣の近くまで行けば、戦いを仕掛けに来たと殺されるかもしれないからな」

「……本気なのですね。まさか、敵将の前まで行かれるおつもりで？」

「そうだよ。何とか街を守る手立てが必要だからね。馬車を用意してくれ」

表情を引き締めたセバスは、頭を下げて静かに部屋を出ていった。

それを見送った俺は、大きなタンスを開いて出かける準備を整える。

そして邸《やしき》の玄関へ行くと、セバスは使用人達を集めて立っていた。

「私は最後まで邸を守る所存です。アクス様も精一杯のことをしてください」

「おいおい、まだ最後の挨拶《あいさつ》はいいから。おーいクレト、一緒に来てくれ」

俺は集団の端に静かに立っていた、馬番のクレトに声をかける。

すると彼は驚いた表情で自分を指差す。

「俺も行くの？　まだ兵になる訓練も受けてないんだけど？」

「だからいいんだ。誰もクレトを見て兵士とは思わないだろ」

「ご当主であるアクス様のご指示ぞ。黙って従えばよろしい」

ためらっているクレトへ向けて、セバスが言い放つ。

執事として家のことを取り仕切るセバスは、使用人達には厳しいのだ。

ガクリと項垂《うなだ》れたまま、クレトは馬車の中へ乗り込む。

その背中を押して、俺も馬車に乗って御者へ指示を出した。

「とりあえず、国境へ向けて走ってくれ。敵がこちらに向かっているなら、途中でかち合うはずだ」

御者が鞭《むち》を振るい、馬車は子爵家の邸から出発した。

領都を出て、街道を走り出す。

馬車の長椅子《ながいす》に座ったまま外を眺めていると、ずっと黙ったままのクレトがジーッと俺を見つめていたのに気が付いた。

クレトは重苦しく口を開く。

「今度は何を企んでいるんだよ？　悪巧《わるだく》みを考えている時は、いつも俺を指名するんだから」

両親も我が邸の使用人だったクレトは、俺と同い年ということもあって、幼少の頃からよく一緒に遊んだ。

そのため、普通ならあり得ないことだが、俺と二人だけの時には、タメ口で話すことも許している。

イタズラや悪巧みがバレて、父上から叱《しか》られる時も一緒だった。

だからクレトは、セバスよりも俺のことをよく知っていると言えるだろう。

彼の前で隠し事をしても仕方ないので、俺は正直に話すことにした。

「ちょっとね。もちろん、クレトにも手伝ってもらうから連れてきたんだ……残念ながら拒否権はない」

するとクレトは頭を両手で抱えて左右に振る。

「どうして俺ばっかり巻き込まれるんだ」

「はは、可哀想だけど付き合ってもらうよ」

「イヤだーーー！」

絶叫するクレトと俺を乗せて、馬車は国境へ向けて走り続けた。

第1章　偵察《ていさつ》と作戦

さて、状況を整理しよう。

我が領地と隣接しているトルーデント帝国の兵士達が、国境のルッセン砦を陥落させて領都フレンスへ向けて進軍してきている。

その兵数は千人ほど。

対するこちら側の兵士の数は百人程度。街の警備隊をかき集めれば、もう少し増えるとは思うが、それでも多くはない。

領主である俺は、現在、馬番のクレトを連れて、敵軍の様子を見に行くために馬車を走らせている。

領都を出て、途中の街で馬を替えつつ進み、一晩明かして再出発し、今は昼前くらい。かなり飛ばしているため、通常馬車で移動するよりもかなり距離を稼げている。

そろそろ、敵軍が見えてくる頃合いだけど。

俺は運動が苦手だし、別に敵軍に突っ込んで敵将を倒そうと考えているわけではない。

実は俺には、一つ得意……というか、他の人間が持っていない強みがある。

それは、俺が現代日本から異世界へ生まれ変わった転生者ということだ。

俺は八年前、七歳の時に、流行り病で死の淵《ふち》をさまよった。

その時に、前世の日本での記憶が一気に蘇《よみがえ》ったんだ。

記憶の中の自分は曖昧《あいまい》で、個人的な情報は思い出せないが、一般的な知識や、経験してきたことはハッキリと思い出した。

はじめは病による妄想かと思ったけど、その知識はあまりにもハッキリしていて、どうしても否定することができなかった。

このことを伝えたのは、亡き父上とセバスとクレトだけだ。

……誰も本気で信じてくれなかったけどね。

実は、その記憶を思い出した時に、とある魔法も手に入れたんだけど……これまた使うのが難しくて、全然使いこなせておらず、宝の持ち腐れになっている。

この世界には、魔法という不思議な力がある。自身の魔力を使うことで任意の現象を起こせる、便利なものだ。

ただ、俺の手に入れた魔法はとても珍《めずら》しいもので、使い方を指南してくれる人がいなかった。

一応父上には報告してあったけど、色々と試した結果、実用的ではないことが分かっただけだった。

今回の戦でも使えなさそうだしな。

ともかく、前世の知識がある俺ならば、この世界の人々が思いつかないアイデアで、この難局を乗り切れる……かもしれない。

そんなことを考えていた俺は、クレトの声でハッとする。

「俺にこんな服を着せて何をするんだ？　きちんと計画してるんだろうね？」

目の前で着替え終わったクレトがジト目で俺を睨《にら》む。

クレトが着ている服は、俺が自室のタンスから持ってきたものだ。

その姿を見て、俺は満足して微笑《ほほえ》む。

「いいじゃないか。どこから見てもバカそうな嫡子《ちゃくし》にしか見えない。計画の通りだ」

そう、その計画とは、クレトを俺の替え玉にするというものだ。

クレトは俺と同い年の十五歳。

背丈も体格もほぼ同じだ。

クレトのほうが貧相な容貌《ようぼう》をしているけど、敵軍は俺の姿を知っているはずがない。クレトが子爵家の嫡男だと言われても、敵軍にバレることはないだろう。

クレトは俺を怪しむように視線を送ってくる。

「本当にこんなので上手くいくの？」

「それは分からない。やらないよりマシ程度になるように頑張るさ」

俺の答えを聞いて、クレトはゲッソリした表情で俯《うつむ》く。

夕方になる前に、御者から遠くに敵軍らしき姿が見えたと報告があった。

俺は馬車から上半身を出して、用意してきた棒に白い布を付けて振る。

生前の父上から簡単に戦について教わったのだが、この世界でも白旗という概念《がいねん》はあるようだった。

「おーい、一時休戦だ！　話をしたいから襲《おそ》わないでくれー！」

俺はそう叫びながら、敵軍を観察する。

ざっと見た感じ、敵兵の数は報告の通りのおおよそ千。

その中に、軍とは武装の違う、おそらく傭兵《ようへい》らしき姿もチラホラと見える。

行軍する中央のあたりには、指揮官らしき一団がいて、その中に一際大きな白馬に乗った金髪の少女騎士がいた。

そういえば父上から聞いたことがある。

我がフレンハイム家の領地と隣接している、トルーデント帝国の辺境を守るウラレント侯爵家。

かの侯爵には、お転婆姫《てんばひめ》がいるという。

姫の名はエルナだったような……

そのエルナが、今回は総大将となって攻め込んできたってわけか。

俺は御者へ指示を出して、敵軍の前に馬車を止めさせる。

すると姫も片手を大きく上げて、軍の行進を止めた。

俺とクレトは馬車からゆっくりと降りる。

馬車の隣にクレトを立たせ、俺は一人で少女騎士の前まで歩いていった。

近くまで行くと、彼女は無言で抜剣して切っ先を俺に向けてくる。

「お前は何者だ？　後ろの者は誰だ？」

「私はこの地を守るフレンハイム子爵の護衛兵です。伝令として遣わされました。後ろの馬車におられるのは、フレンハイム子爵家の嫡子であるアクス様です」

「ほう。私はこの軍を任されているエルナ・ウラレントだ。しかしフレンハイムの嫡子は、父親を殺されたというのに白旗をかかげるとは、どういう了見か？　男なら最後の一兵になるまで戦う意気込みはないのか？」

やっぱり彼女がエルナか。しかし言うことがなかなか過激だな。

「そのような気概《きがい》はアクス様にはありません。こうした交渉の場まで、私に任せるくらいですから」

俺の話を聞いて、エルナは金髪を片手でかきあげてフンと鼻を鳴らす。

男勝《おとこまさ》りと噂《うわさ》されていたが、仕草までそうだな。

俺は弱腰を装い、懇願《こんがん》するように姫を見上げた。

「アクス様は平和を望まれる優しいお方です。領内のあちこちで戦いが起こり、街の人々が命を落とすような事態は避けたいと申しておりました。ですが一方で、戦わずに逃げるだけという生き恥は晒《さら》せません。残された兵で、決戦を行いたいのです。当然、負ければ領地を明け渡すと仰《おお》せでした。そしてもう一つ、お願いがございます。進路にある街の住人が逃げるため、少々時間をいただきたいのです」

「住人の避難のために日数をくれということか。だがその必要はない。全ての住人達が帝国の臣民になるのだからな。それに、その住民を兵に仕立てるつもりだろう？」

エルナはバカにしたような表情で目を細める。

まあそうだよな。人は資産だ。土地や街を手に入れるだけでは意味がない。

しかし俺は一拍《いっぱく》を置いて大きく息を吐き、ポツリポツリと言葉を発する。

「実は、誠に言いにくいのですが……フレンハイム家の領地には亜人や獣人が多く暮らしています。それも帝国の臣民にされるのでしょうか？」

俺の言葉を聞いてエルナは大きく目を見開く。

亜人や獣人というのは、エルフやドワーフなどの人に近いが変わった特徴を持つ者や、獣の特徴を持つ者のことだ。

「なぜ亜人や獣人が人族の街にいるのだ？　汚《けが》らわしい」

「我が領内と帝国の間の一部国境線には、『瘴気《しょうき》の森』がありますでしょう」

「うむ。亜人や獣人が住むと言われている森だな。広大な土地に魔力が溜《た》まっているためか、棲《す》んでいる魔獣に強力な個体が多い。そのせいで、なかなか開拓できないでいるが……」

この世界には、魔獣と呼ばれる生き物がいて、人々の暮らしを脅《おびや》かす存在として恐れられている。

「ええ。その森に住んでいる亜人や獣人は、人族以外の人種を認めないトルーデント帝国側ではなく、こちら側へと出てきます。そして交易をするうちに、街に住みついた者達も多いのです」

俺の言葉を聞いて、姫は苦々しい表情を浮かべる。

我が国は亜人や獣人への偏見はそこまでないのだが、一方で、トルーデント帝国は人族至上主義で、亜人や獣人を徹底的に排除しようとする国家だ。

そのため、街に亜人や獣人が暮らしていることを良しとしない。

そして侯爵家の令嬢であるエルナもやはり、亜人や獣人のことを忌避しているようだ。

エルナは剣を握る手に力を込め、奥歯を噛《か》みしめる。

そして鋭い視線を俺へ向けた。

「亜人や獣人など、人族ではないと私は教わってきた。皆殺しにしても一向に構わん」

「フレンハイム領の街々の全てに亜人や獣人は暮らしています。大量殺戮《さつりく》になりますよ。帝国は彼らを人族ではないと言いますが、我々や多くの国々としては、人族となんら変わりないと思っています。しかもそれを殺すとなれば、非戦闘員の民間人を虐殺したと、国際社会で問題になるのでは？」

そう言われるとさすがに気が引けたのか、エルナはたじろいだ。

「ならばどうすると？」

「彼らに街を捨て、森へ戻るか、他の領に移るように命じましょう。そうすれば、帝国軍が手を汚す必要はなくなるでしょう。フレンハイム家の皆様は、領内の亜人や獣人に慕われています。きっと街にいる者達も、アクス様の言葉に従うはず。その自信がなければ、このように敵軍の前に臆病者のアクス様は来られません」

俺の話を聞いて、エルナは馬車の隣に立っているクレトを見る。

そして少しの間黙っていたが、剣を鞘へと戻した。

「分かった。私もむやみやたらに血を流すことを望んでいるわけではない。亜人や獣人といえど、大量殺戮は夢見が悪い……二週間だけやる。その間に、街中にいる亜人や獣人を避難させるのだ。もし我々が通った時に奴らがいれば、全員を処分する」

ほっ、とりあえずこれで、時間はできたな。

当然、他の領民を逃がすことはできなかったが、一度無茶なお願いをしておくことで、亜人と獣人を逃がすという無理を通すことはできた。

まぁ、エルナの大量殺戮を避けたいって言葉も本心なんだろうけど。

「街々を支配下に置いたあと、我々は領都を攻めよう。ああ、その間に兵を集めようが無駄だぞ。我ら帝国軍が屈強であることは、砦を落とされたお前達が一番分かっているだろう」

「存じ上げております。ですが、みすみすと敗れるわけにはまいりません」

「貴族としては当然の心得だな。本来であれば、ここでお前を殺し、その後であの馬車を襲うのが簡単なのだが……当然、その備えもあるだろうしな。兵を伏せているのであろう？」

やべ、そこまで考えてなかったよ。

内心冷や汗を流す俺に気付かず、エルナは言葉を続ける。

「まあ、そんなことをすれば亜人どもを処分しなければならなくなるし、我が配下からの信も揺らぐ。ここは敵地まで乗り込んできたフレンハイムの嫡子に免じて、受け入れてやろう」

「寛大なお心に感謝いたします。ではアクス様へ報告して参ります」

俺がそう言って頭を下げると、エルナは目を細める。

「一応、名を聞いておこう。お前の名は？」

「クレトと申します。それでは失礼いたします」

俺は恭《うやうや》しく頭を下げ、身を翻《ひるがえ》して馬車へと早足で戻った。

クレトに近づくと、彼は冷や汗でグッショリ濡《ぬ》れた顔を俺に向ける。

「話し合いはどうなったんだ？」

「おおむね上手くいった。さて、早くフレンスへ戻ろう」

俺は小声で答え、扉を開けて強引にクレトを馬車の中へと押し込む。

そして改めてエルナに向けて深々と礼をした。

この二週間の猶予期間は無駄にできない。

忙しくなってきたぞ。

エルナから二週間の猶予を貰った俺とクレトは、領都フレンスへ向けて馬車を走らせる。

そして、その途中にある街々に立ち寄り、街の警備隊に話をして回った。

警備隊の面々は、当然敵の動きを知っていて、戦うつもりの者も多かった。

だが、戦う意思がある者は領都へ移るように言い、街に残る者には、武装を解き、敵軍に従うように促した。

あの姫なら敵対しなければ、街の住人に酷《ひど》い仕打ちはしないだろうと判断したからだ。

そして人族ではない亜人や獣人には、このままでは殺されることになるため、森へ戻るか、領都フレンスへ向かうか、子爵領から離れるか、どれかを選択するように伝えさせた。

近隣にも伝令兵を送り、同じ内容を伝えさせる。

領都へと戻るために揺れる馬車の中、クレトは憂鬱《ゆううつ》そうな表情で俺を見た。

「本当に戦うのか？　素直に降伏して領地を明け渡したほうがいいんじゃないか」

しかし俺は首を横に振る。

無条件で領地から逃げ出せば、貴族として誇りを失ったと言われるだろう。

そうなれば、リンバインズ王国の中に身を寄せる場所はない。

争いから逃げ出せたとしても、俺の人生が詰む。

それではダメだ。

「無条件降伏はしない。できるだけのことはするさ。だが、フレンハイム家に残っている兵は百人ほどだから、領地の全てを守ることなんて無理だ。領地にある街を守れないなら、まずは街の住人達へ避難の指示を出すのは当主としての義務だろ。殺されると分かっている亜人や獣人達を逃がすのもな」

「二週間の猶予は貰ったけど、何か考えはあるのか？」

「一応はある。とにかく領都へ急ぎで戻るぞ。クレトもしっかりと働いてくれよ」

「それで死なないで済むなら頑張るよ。いったい今度は何を思いついたんだ？」

「それはな――」

俺は父上が殺されたと聞いた時から、どうやってこの窮地を脱するかを考えていた。

トルーデント帝国軍の兵士は屈強で、兵数も約十倍。

たかだか百人ほどの兵で立ち向かっても敵う相手ではない。

だから色々とあの手この手を考えた。

一応の計画は頭の中にある。

上手くいくといいんだが。

◇
◆
◇

エルナと出会った翌日には、領都の邸に戻ってくることができた。

すぐにクレトに走ってもらい、フレンハイム家の主要な者達を執務室へ集める。

今、部屋にいるのは軍団長のジェシカ、執政官のオルバート、警備隊長のボルド、それとクレトだ。

クレト以外の三人は、父上の忠実な僕《しもべ》だ。

ちなみに、軍事行動を主な任務とする軍と、領都を含め大きい街の治安維持を担う警備隊は、それぞれ指揮系統が独立している。

俺は前屈みの姿勢でソファに座る。

「実は昨日、クレトと二人で敵軍の総大将と会ってきた。そして二週間の猶予期間を貰った。三日後には、敵軍の侵攻が再開される」

「はぁ？　セバスから偵察に出たとは聞いていたが、敵将と会っただと？　では、その時に敵将の首をはねればよかっただろうが！」

軍団長のジェシカが鼻息も荒く、俺に近づく。

ジェシカは白虎《びゃっこ》族の獣人だ。

獣人らしく、闘争に対するプライドが高い。

俺は両手の平を見せてジェシカを落ち着かせる仕草をする。

「俺とクレトだけで戦っても勝てるわけないだろ。どれだけ向こうに人数がいると思ってるんだ」

「この意気地なしめ。バルトハイド様なら敵将の命はなかっただろうに」

確かに父上は剣術の達人だった。

ジェシカは父上の部下であることを誇っていたからな。

今回の砦での戦いでは、父上が直接指揮をとるということで、ジェシカは領都で待機していたのだが……それで結局父上が戦死してしまったから、かなり気が立っているようだ。

俺はジェシカを見つめながら、大きく息を吐く。

「皆が武の達人になれるわけじゃないんだ。俺は父上と違って武術が苦手だし、俺は俺にできる方法をとるだけだ」

そんな俺の言葉に、ジェシカはむすっとしながら言葉を返してくる。

「それではどうする？　敵軍が迫ってくるのだろう？」

「数を揃《そろ》えるしかない。もう手は打ってきた。期日までの間に、亜人や獣人達がこの領都に大挙して押し寄せてくるはずだ」

「はぁ？　どういうことだ？」

怪訝《けげん》な表情を浮かべる皆に向けて、俺は人差し指を立て、馬車の中でクレトに話した計画を説明

する。

戦いに必要なのは、人を集めること。

それも同じ一つの目的に向け、強い意志を持っている者達だ。

トルーデント帝国軍に対して強い敵意を持っている者達であればなおいい。

今回の帝国軍の侵攻で、亜人や獣人達は住んでいた街を追われることになる。

彼らには、森か領都か他領か、三つの選択肢を残した。そして俺の見立てでは、領都に来て、一緒に帝国と戦ってくれる者が多いだろう。

なぜならば、森に戻っても、このフレンハイム領が帝国の手に落ちれば森から出られなくなるし、他領に行っても、またそこが帝国に攻められるかもしれないしな。

それに、街を離れないといけないというのは、生活を基盤ごと捨てなければならないということ。

そうなれば当然、トルーデント帝国軍に対して強い敵意を持つことになるはずだ。

そして領都に来れば、まだ帝国と戦うことができる。

獣人達は闘争本能が強く、武に対しての誇りも高い。

亜人達は、それぞれの種族で、それぞれに長《た》けた技能を持っている。

この者達で組織を構成すれば、きっと戦力になってくれるはずだ。

俺の計画を聞いて、オルバートはフーッと長い息を吐いた。

「アクス様は当主というより、軍略家の素質がありそうですね。人族を短期間で兵士として鍛えるには限界がありますが、体も屈強で武に秀でた獣人であれば、すぐにでも兵士として登用できます。亜人達もまた然《しか》りですね」

その言葉に俺が頷《うなず》くと、ボルドがニヤリと笑った。

「では、私は警備隊に指示を出し、外壁の大門で避難してくる亜人や獣人を受け入れる準備をしよう。その時に戦う意志、特技などを聞き出せばいいのだな」

「書類にまとめるのは文官の仕事です。私も共に行きますよ」

ボルドとオルバートの二人は亜人、獣人達の組織作りについて話を進めていく。

詳細まで説明する必要がなくて助かるよ。

さすが父上の部下達だ。

俺の見込みでは、領都へ逃げてくる亜人、獣人達の数は千人ほど。

その中でも戦える者達は二百人ほどだろう。

しかし敵兵の数は千人強。

こちらの元々の兵士は百人くらいだから、亜人と獣人を合わせてもまだまだ戦力としては足りない。

辺境伯家に増援を頼んでもいいが、二週間程度じゃ準備も間に合わないだろう。

それでは辺境伯ではなく近辺の貴族はどうかというと……このあたりで一番名のある武人である父上が敗れた以上、積極的に兵を貸してくれるとは思えない。それに、俺達が敗れた後に備えて、自領の守りを固めたいだろうから、増援は絶望的だ。

　つまり、自分達でどうにかしないといけないということだ。

　俺はゴホンと咳払《せきばら》いを一つして、ボルドへ目を向ける。

「避難民達の出迎えの他にも仕事を頼みたい。至急、街にいる土魔法士を集めてくれ。人族、亜人、獣人、誰でもいい」

「分かった」

　次に俺はクレトへ向き直る。

「クレトは土魔法士が集まったら、そのうち二十人ほど連れて、馬車で説明した手筈《てはず》通りに動いてくれ。お前の一手で勝敗が決まることになる。まあ、気軽にやってくれ」

「そんなこと言われたら緊張するよ」

　俺の言葉を聞いてクレトはゲンナリした表情で言う。

　簡単な仕事だし、クレトには馬車の中で計画の詳細を丁寧に説明してある。まず失敗することはないだろう。

　一応、情報共有として、ジェシカ、ボルド、オルバートにも、その作戦の内容について伝えておく。

　するとジェシカが、苛立《いらだ》つように長い尻尾をユラユラと動かす。

「作戦は分かったけど、アタシへの指示は何もないのかい？」

「もちろんあるとも。敵軍との戦場は、領都から少し離れた場所にしたい。国境方面に少し進むと、トマム河があるだろう。あの近く、少し高くなっている場所に陣を敷いてくれ」

トマム河は、川幅が一キロほどある大河で、数キロおきに幅八メートルほどの木造の橋がかかっている。今回はそのうち、領都に最も近い橋のあたりを使うつもりだ。

ちなみに、川を挟んで国境側には森があり、その橋から伸びる街道があるだけで、近くに村もない。

「分かった。一人でも多くトルーデント帝国軍の兵士を血祭りにしてやる」

まったく、ジェシカは物騒《ぶっそう》なことを言う。

だが、彼女は父上をすごく尊敬していたからな。

その父上を殺されたのだから、憤《いきどお》る気持ちは分かるけどさ。

俺の計画を聞き終わった四人は、それぞれの配置へと向かっていった。

さて、これで二週間のうちにやるべきことは決まった。

全ての手筈が上手くいけば、こちら側へいい風が吹くはずだ。

◇　◆　◇

エルナから貰った猶予期間の二週間は、あっという間に過ぎた。

そろそろ帝国軍の進行が再開されただろう。

この前遭遇した場所から、帝国軍は近隣の村や街に兵をやりながら侵攻してきているはず。なので、俺が戦いの準備を仕込んでいるトマム河までは、おおよそ三日程度で着くだろうか。

この二週間の間に領都フレンスへ避難してきた獣人や亜人の数は、予想通り千人を超えた。

絶望的な状況にある戦いに敗れれば元の村や街には戻れないこともあって、家財道具なども運び出し、これまでの生活を完全に捨ててきた者ばかりだ。

そんな避難民達の中から、オルバートとボルドの働きによって、戦える者達を選別することができた。

敵軍と戦う意志を持った者達の人数は、予想を上回る三百人。

その中で土魔法を使える者は三十人もいた。

元々領都にいた土魔法士も含め、その中から能力の高い土魔法士を二十人選抜して、一週間ほど前からクレトに預けてある。

クレトは事前の話し合い通り、その者達を連れて任務へと向かった。

残りの土魔法士達は、トマム河近くに作った陣の補強に回ってもらった。

そんなわけで今俺は、その陣にやってきている。

河からは百メートルほど離れていて、少し高さもある場所だ。

陣の周囲の外壁を見ながら、ジェシカが声をかけてくる。

「通常のものと比べても、かなり厚めに壁を作ったぞ。作戦は聞いてるけど、ちょっとやりすぎじゃないか？」

「それは俺が臆病だからさ。なるべく防備は堅いほうがいいだろ」

俺は肩を竦《すく》めて手の平をヒラヒラと振る。

その姿を見て、ジェシカは眉《まゆ》をひそめた。

「やはりアクス、お前は武人ではないな。少しは亡きバルトハイド様を見習え。あの方は実に立派だったぞ」

父上は個人の武に秀でた脳筋タイプだったからな。

インドア派の俺とはタイプが違う。

幼少の頃は父上に憧《あこが》れて武人を目指したこともあった。

でも父上との厳しい訓練で、俺には才能がないと悟ったよ。

今更、武人を気取るつもりはない。

ジェシカは目を細める。

「軍は勝手にやらせてもらうからな」

「それはダメだ。今回は俺の指示に従ってもらう。これは当主命令だ」

「何を偉そうに。今まで何もできなかった坊《ぼっ》ちゃん風情《ふぜい》が」

ジェシカは歯をギリギリと噛んで、俺を威嚇《いかく》する。

険悪な雰囲気になっている俺とジェシカのほうに、ボルドが歩いてきた。

「ジェシカ、今はアクス様が当主だ。控えろ。お前達を自由にすれば統率が取れなくなる。勝手なことをするな」

ボルドの言葉に、ジェシカは苦々しい表情を浮かべて両手の拳《こぶし》を握り込む。

ボルドは今は警備隊長を務めているが、かつては軍にいたことがあり、またジェシカよりも彼のほうが家臣として仕えた年数は長い。

だから勝気な彼女も、ボルドには頭が上がらない。

ジェシカから視線を外して、ボルドは俺のほうへ顔を向ける。

「亜人、獣人の編制が終わった。それぞれの種族別に編制してある。アクス様の号令でいつでも戦えるぞ」

「分かった、ありがとう」

さて、これで戦を始める準備は全て整った。

あとはルーデント帝国軍に泡を吹かせるだけだ。

◇
◆
◇

それから三日後に、敵軍が河の反対側に姿を現した。

敵軍はおよそ千人。騎馬隊が二百、歩兵部隊が五百、重歩兵部隊が百、魔法部隊が百、指揮官の護衛部隊らしき面々が百である。

敵軍は橋の手前で、陣を張り始める。

もし、この橋を通らなければ、川沿いに進んで別の橋を渡るしかない。

さすがに簡単に渡れる深さの河ではないし、流れもそこそこあるからな。

必然的に、敵はこの橋を渡るしかなく、橋の上で食い止めさえすれば、寡兵《かへい》であるこちらが囲まれる心配はなくなる。

それが、この河の近くに陣を張った理由の一つだ。

俺はクレトを連れて、橋の中央まで歩いていく。

すると反対側から、白馬に乗ったエルナが兵士達に護衛されながら近づいてきた。

そして彼女はクレトにちらと目をやると、すぐに俺を見て、ニヤリと微笑む。

「クレト……ではなく、お前がアクスなのだろう？　この二週間で逃げ出したと思ったぞ。少しは気概があるらしい」

やはり俺とクレトが入れ替わっていたことは、姫様にはバレていたか。

俺はなるべく胸を張り、腰に手を当てて余裕そうに見せる。

「戦力差を埋めることはできなかったけど、せいぜい足掻《あが》いてみせるさ」

「その意気や良し。どんな罠《わな》でも打ち砕いてみせよう。戦の開始は明朝、戦場で相まみえることとしようではないか」

エルナはそう言うと、馬を翻して颯爽《さっそう》と去っていった。

まったく、絵に描いたように脳筋な姫様だ。


次の日の早朝、戦の準備を整え終えたところで、法螺貝《ほらがい》の音が鳴り響いた。

敵軍が出陣した合図だ。

ジェシカ率いる軍と獣人、亜人の混成部隊は、手筈通りにこちら側の橋の入口近くに陣取り、向かってくる敵兵を迎え撃つ構えをとる。

俺がボルドに指示を出すと、空へ火薬玉が三つ打ち上げられる。

信号弾の代わりだ。

これで、昨日の夜から川上に移動していたクレトにも意図が伝わっただろう。

そうこうしているうちに、敵軍は歩兵をゆっくりと進め、確実に橋を占拠《せんきょ》する作戦に出た。

騎兵を駆けさせても、構えるこちらの兵に突っ込むだけになってしまうからな。

敵軍の歩兵と我が軍が交戦する。

あたりに怒号が響き、剣戟《けんげき》の音が鳴り響く。

こちらには獣人や亜人という、膂力《りょりょく》に優れた兵が多いこともあって、数こそ向こうが多いが、持ちこたえているようだ。

すると川上の空に一つの火薬玉が放たれ、煙を上げてパンと破裂した。

それを見た俺は、空へ向けて大きく剣をかかげる。

そして陣の壁の上に立っていたボルドが、近くにいた兵士に指示を出した。

三人の兵士が大きな赤い旗を振り、ジェシカへ合図を送る。

それに気付いたジェシカが、大声で兵達へ号令を出した。

「撤退だー！　急いで陣まで撤退しろー！」

兵達はジェシカを先頭にして、我先に自陣へ向けて走る。

それを好機と考えたのか、敵軍は追撃を開始した。

味方の兵達の全員が陣に入ったことを確かめて、急いで陣の大門を閉じる。

そして、陣の中から土魔法士が土を放って大門を補強した。

それを確認した俺は、急いで陣の壁の上へと駆け登る。

外壁の外には、大勢の敵軍が攻め入ろうと押し寄せているが……その直後、ドドドドドドという音が川上から鳴り響いてきた。

俺は大声で味方に指示を出す。

「土石流が来たぞ！　何かに掴《つか》まっていろ！」

これこそが、俺が計画し、クレトに任せていた作戦だ。

河の上流側、もう一つの橋があるあたりに、土魔法士を使って、簡易的なダムを作っておいたのである。

ここで一週間水をため、一気に流すという作戦だった。

もちろん、川は蛇行しているので、ダムを作る以外にも、土手の補強なども行っている。また、下流域も被害が出ないよう、新しい土手を作るなどの対策はしてある。おかげでかなりギリギリなスケジュールになってしまった。

しかし、国境側からは、森が上手く目隠しになっていたおかげで、事前の準備に気付かれることもなかった。

そして先ほどの信号弾で、水をせき止めていたダムを魔法で崩し、一気に流したというわけだ。

川上から一気に流れ込んだ水とダムの残骸《ざんがい》、そして土手の土などを巻き込みながら、凄《すさ》まじい勢いで襲いかかってくる。

その濁流《だくりゅう》は未だ橋の上に残っていた敵兵ごと橋を壊し、そして川から溢《あふ》れた水はこちらの陣の外壁に迫っていた敵兵の足元をすくい、呑《の》み込んでいく。

陣の外壁もその水流に削られていくが、そこは事前の備えと土魔法士の補強のおかげで、致命的なことにはならなかった。

やや遠くて見えないが、向こう岸も濁流に巻き込まれているようだ。

……予想していたよりも被害が大きそうだな。

濁流が落ち着いたのを見計らって、俺は隣に来ていたボルドとジェシカへ指示を出す。

「さて、救助作業を始めるとするか」

◇◆◇

トマム河での戦いから三日が過ぎた。

敵を流したからハイ終わり、というわけにはいかない。

ちゃんと橋を作り直さないといけないし、辺境伯や王都に、事の顛末《てんまつ》を報告しないといけない。

それに敵将であるエルナの生死を確認する必要があるし、もし生きているなら、捕まえる必要がある。

それ以外にも生きている兵士がいれば、捕まえておかないといけない。

というわけで俺達は、敵兵の救助をしたのだが……

自分でしでかしたことだが、めちゃくちゃ大変だった。

しかし土魔法士が多くいたおかげで、思っていたよりも簡単に作業は進んでいった。河の向こうへ渡る橋も、土魔法で簡易的なものだったら作れたからね。

この三日間で、敵兵の多くを見つけることができた。

その数、およそ五百人。元々千人ほどの敵軍だったため、おおよそ半分ほどが見つからなかったことになる。

おそらく、橋を渡ろうとしていた兵は全滅だろう。

岸のほうにいた兵は、土石流に呑まれた者もいたが、命を落とした者はほとんどいなかったと思う。

まぁ、戦なわけだし、全員が無傷で終わることなんてない。

そもそも、国境では俺達の軍の被害のほうが甚大《じんだい》だったわけで……

そして肝心のエルナも、割と早い段階で見つけることができた。

発見した時には鎧《よろい》はボコボコ、全身泥《どろ》まみれで、意識がなかったそうだ。

俺の指示により、エルナはフレンハイムの邸へ運ばせている。他の兵士達は、領都の外れの訓練場を一時的に捕虜《ほりょ》宿舎にして、そこに閉じ込めていた。

エルナはただ気絶しているだけで重傷ではないという話だったが、なかなか目覚めなかった。

ただ、つい先ほど目覚めたと聞いて、俺は彼女のもとへ向かった。

扉を開けるなり、ベッドの上で起き上がっているエルナと目が合った。

「何しに来たのよ！　私を穢《けが》すつもりなの！」

エルナは俺を睨むと、両手で胸を隠す。

「ちょっと待て！　気絶していたから助けただけだぞ！」

「可憐《かれん》な私が寝ていたんだから、男なら意識のない私を放置しておくはずがないわ。あぁ、私は穢されてしまうのね」

「どれだけの妄想《もうそう》をするんだよ！　俺は無実だ！　冤罪《えんざい》だ！」

目の前で涙を流すエルナに向かって、俺は必死に弁明する。

痴漢《ちかん》の冤罪って、こうやって起こるんだろうな。

というかこいつ、あれだけ尊大な感じだったのに、めちゃくちゃキャラ変わってるじゃないか。こっちが素か？

現実逃避しながら、エルナを説得すること三十分。

やっと落ち着いたエルナは、俺が何もしていないことを理解してくれた。

しかし相変わらず顔を赤らめたまま、シーツで顔の半分を隠す。

「気が動転していたとはいえ、早計だったわ。それに生きてるなんて。助けてくれたのよね。ありがとう……それで他の者達はどうなったの？」

俺が状況を伝えると、エルナは真剣な表情で俺を見る。

「……そう。あの策ですもの、見つからなかった者が生き残っているとは思えないわよね」

エルナにジッと見つめられ、俺は首を横に振る。

「仕方ないわ。戦場に死はつきもの、死んだ兵もそれは分かっているでしょう。それに先に攻めたのは私達。今思えば、明らかに罠があるのは分かるはず。警戒があまりにも足りていなかった私の責任だわ」

エルナはため息をついて、首を横に振った。

「そもそもあのまま生き埋めで死んでもおかしくない私達を助けてくれたことに、感謝したいくらいよ……それで、私達の処遇はどうなるの？」

やはり将として優秀なのだろう、エルナはすぐに気持ちを切り替えた様子で、そう問うてきた。

俺は感心しつつ、本題を切り出す。

「トルーデント帝国軍が俺の領地から撤退し、国境を元に戻すことを約束してくれるなら、全員を解放してもいい。解放と言っても、国境まではうちの兵が護送するけどね」

俺の言葉を聞いて、エルナは驚いた表情をする。

「侵略してきた私達を解放すると？」

「その通りだ。その代わり、あなたには国に戻ったあと、少なくとも三年はフレンハイム領と休戦協定を結ぶよう、侯爵なり皇帝なりに約束させてほしい。それとは別に、帝国……というかウラレント侯爵には賠償《ばいしょう》を求めるけどね。帝国軍に荒らされた土地や、亡くなった兵士達の遺族への補償くらいはしてもらわないと」

今回の敵軍の侵攻によって、国境近くの領内は荒らされた。

本音を言えば、金はいくらでも欲しいいし、身代金も貰いたい。

しかし、身代金の交渉をして実際に話を詰めて……となると、とんでもない日数がかかる。

その間、捕虜をしっかり食わせてやらないといけないのだが、そんな余裕は今のうちの領内にはない。

領内の街々の復興、砦の復旧、それに難民問題……あぁ、考えただけでイヤになるほど仕事が山積みだ。

そんな中で、捕虜の生活まで面倒は見られない。まぁ、思ったよりも敵が生き残ったってのもあるんだけどね。

本来であれば、このあたりは国王陛下《へいか》とか辺境伯とかの判断を仰ぐべきなんだろうが、結局敵を撃退したのは俺達だ。

それに、相談して身代金を取るように命令されたとしても、さっきも言った理由で、実現できる気がしない。そもそも、王都とかに報告して返事を待って……なんてしている間も、物資を消費することになる。

であれば、ここは俺の判断で決めてしまうしかない。

それに、ある程度の期間、少なくともフレンハイム領と帝国との休戦協定を結べるというのは大きい。

三年もあれば、領内を復興させることができるだろう。

その後攻め込まれる可能性もなくはないが、帝国の想定以上に備えをしておけば問題はないはずだ。

少しの間、黙って考えていたエルナが口を開く。

「トルーデント帝国に敗北の二文字はない……と言いたいところだけど、生き残った兵士達を守るのも大将の務め。その要求を受け入れるわ。私から父上に説明し、必ず三年間の休戦を約束しましょう」

「そうしてくれると助かる。約束を違《たが》えられるのは厄介だから、きちんと書面にして、何かしらの質《しち》があるといいんだが」

彼女は先日も、二週間待つという約束を守ってくれた。

今回もきっと約束を守るだろうが、それでもこんな大事なことを口約束では済ませられない。

「分かったわ。それじゃあ、我が家の家宝であるこのネックレスを預けましょう。これは先祖代々受け継がれてきたものだから、これがあなたの手元にあると知れば、父上も要求を呑むでしょう」

姫は自信ありげに右手で胸を叩く。

トルーデント帝国は軍事国家だ。

戦えば前進あるのみ、敗戦の二文字はない。

それがトルーデント帝国の貴族達の信条である。

しかし、ウラレント侯爵はエルナのことを溺愛《できあい》していると噂で聞いたことがある。

姫からの願いであれば、侯爵も無下にはしないだろう。

まぁ、全兵力でもって侵略してくる可能性も一瞬《いっしゅん》考えたけどね。エルナ達が帝国に戻って軍備を整えて……とかやってたら時間がかかるだろうし、その間にこっちも戦いに備えられる。無茶な侵攻はしてこないだろう。

第2章　復興への道筋

そんなエルナとの交渉があった五日後。

帝国軍はトルーデント帝国へと帰っていった。

もちろん、装備類は取り上げているし、少なくとも領内で暴れられないようにしてある。まだまだ重傷者も残ってるし、そこまで警戒はしてないけどね。

ちなみにこの数日、エルナは邸で過ごしていたのだが、その中で亜人や獣人の使用人と接する機会があった。

怒り狂うかと思ったのだが、どうやら亜人や獣人を嫌っていたのは、そう教えられてきたからであって、実際に会ったことはなかったらしい。甲斐甲斐《かいがい》しくお世話をしてくれる彼らに、何か心境の変化があったのか、何も文句を言うことはなかった。

そんな彼らを見送った俺は、執務室の机に向かって、領内の復旧について思案していた。

先日のエルナとの交渉の際も思ったが、やることが多いのだ。

まずは父上の葬儀《そうぎ》。領主である父上の死と、俺が領主を継ぐことについては、領民には既に知らせてある。近日中に、葬儀も行う予定だ。

それに、帝国軍の侵攻によって荒らされた村や街の被害調査だったり、橋を作り直したり、ルッセン砦の様子を確認したり……いきなり領主になって、慣れない仕事が多すぎるのだ。

俺が頭を悩ませていると、扉が開いてオルバートが入ってきた。

そしてその後ろから、亜人と獣人が三名、部屋に入ってくる。

オルバートは三人に向かって手をかざして俺を見る。

「この度、領都フレンスへ避難してきた亜人、獣人達の代表者です。アクス様にお話ししたいところがあると、邸の前に座り込んでいましたので連れて参りました」

やめて！　邸の前で座り込みなんて！

……もしかしてトラブルでも起きてるのか？

俺は内心で頭を抱える。

「いったいどんな用なんだい？」

俺の問いに、体格の小さい獣人が前に進み出る。

「私は獣人族の束ね役、スカンク族のステンチと言います。この度は領都にて我らを受け入れていただき感謝します」

「いや、領民を守るのは領主の義務だ。気にするな」

なんだ？　感謝を伝えに来ただけか？

そう思っていると、ステンチの目がきらりと光る。

「ありがとうございます。その上で申し上げますが、私達に何か職を与えていただきたいのです。私達は全てを捨て、領都に逃げてまいりました。元の村や街に戻ることもできず、かといって領都に仕事があるわけでもございません。このままでは飢《う》えてしまいます」

その言葉に、俺はハッとした。

そうか、彼らは一度完全に住処を捨てたんだ。

報告では、国境までの道にある村や街も元通りの生活に戻りつつあるというが、完全に生活を切り替えるつもりで出てきた亜人や獣人は、このままこの領都で暮らしたいのだろう。

亜人や獣人は恩や義理を重んじるという話だから、難民として動かずにいるのがイヤなんだろうな。

獣人は体を動かすのが大好きだって聞くし、そういう仕事を振ったほうがいいだろうか。

俺がそう考えて納得していると、低身長だが体格のいい、髭面《ひげづら》の男がドシドシと歩み出る。

「わしはドワーフ族の束ね役、ドルーキンだ。武具や道具なら何でも作ってやるぞ。その代わり、鍛冶《かじ》場を沢山作ってくれ。人数分の鍛冶場が足らん。それと素材となる鉱石もな。あと、配給に酒が欲しい。食料ももっと増やしてくれ」

オルバートのほうを見ると、ドワーフ族が多く住んでいた集落は、帝国軍によって破壊されていたと教えてくれた。やはり戻る場所がないようだ。

ドワーフ族は酒と鍛冶が大好きだから、鍛冶場も酒もないとストレスになるそうだ。

しかし、配給は邸にある備蓄をギリギリ提供している状態だ。

酒も食料も贅沢《ぜいたく》するほどはないぞ。

「うーん、余裕はないけど……検討してみるよ」

最後に、後ろでひっそりと佇《たたず》んでいた、スタイルのいい美女が控え目にお辞儀をする。

「私はエルフ族のレーリア。エルフ族を含む亜人族の束ね役をしております。今回の領都への受け入れに心から感謝を。家のない難民生活を強いられている者も多く、人さらいも横行しています。亜人種族が平和に暮らせる場所を一刻も早くお願いいたします」

エルフも数は少ないが、領内の各地にそれなりの数が住んでいたはずだ。

今回のトルーデント帝国軍との戦で領都にやってきた亜人と獣人は、たしか千人。七割くらいは獣人だっただろうか。

その結果、領都は難民が溢れ、外壁の外に難民のキャンプを作ったほどだ。

俺だって、領都内の道々に難民が溢れている姿を見たくないし、外壁の外を何とかしたい。

しかし、今までルーデント帝国軍を送り返す準備などがあり、手が回らなかったのだ。

だが彼らがこうして座り込みまでするような事態になったからには、これ以上放置するわけにもいかないだろう。

ああ、どうしてこんな騒動ばかりが巻き起こるんだよ。

オルバート達が出ていったあと、難民への対策を思案するが、これといった案が浮かばない。

執務室で悩んでいるのがイヤで、邸の厩舎《きゅうしゃ》に移動した俺は、隅のほうに座って、一人で頭を抱えていた。

その姿を見たクレトが、大きくため息をつく。

「領内の亜人や獣人を領都に集めた時点で、こうなるのは分かってたことじゃないの？」

「あの時は戦のことで頭がいっぱいだったんだよ。予想していたよりも領都のキャパが小さかったんだ」

そう言って、俺はイヤイヤと頭を振る。

うんざりした表情で、クレトは持っていた箒《ほうき》でシャカシャカと地面を掃《は》いた。

「なんでわざわざここに来るのさ。悩むなら執務室でやってよ」

「部屋にこもっていたら心が病気になるじゃないか」

「厩舎に居座られたら困るんだよ、俺は色々と仕事があって忙しいんだ。他にどこでも行けるだろ。邸の敷地はこんなに広いんだから」

「こんなに悩んでいる俺を一人にするのか！」

俺は思わずそう言って立つ。

しかし、クレトは俺を無視して、掃除をするために厩舎の奥へと向かった。

小さい頃から一緒に遊んだ友が悩んでいるのに、薄情《はくじょう》な奴だ。

心の内で愚痴《ぐち》っていると、頭の中にフッと言葉が過《よぎ》る。

さっきクレトは何と言った？

厩舎は困る……どこでも行ける……

そうか！　なにも難民の全てを領都に住まわせる必要はないんだ！

俺は急いで執務室へ戻り、オルバートを呼び出した。

部屋に入ってきた彼へ、俺は椅子から立ち上がって質問する。

「今、ルッセン砦はどうなってる？」

そう、俺が思いついたのは、国境にあるルッセン砦への移住だ。

「報告によりますと、トルーデント帝国軍によって砦は半壊しているそうです」

「全壊ではなく、半壊なんだな？」

「はい。帝国軍が攻め落とす際にそれなりに破壊されたようですが、敵も拠点として運用していたようで、ある程度は形が残っています。とはいえ物資は残っておらず、戦で使うには脆《もろ》いことに変わりありません。敵軍が攻めてこないこの三年間のうちに、修復しなければならないでしょう」

オルバートの報告に、俺は頷く。

帝国軍としても、わざわざ使えるものを全壊させる必要はないもんな。

それに大きな石材を使用したかなり立派な砦だから、壊すのも一苦労だろうし。

ともあれ、半壊で済んでいるのは不幸中の幸いだった。

当然、ここで人員を派遣して修理することになるわけだが……そこで獣人族に働いてもらえばいいのだ。

人族であれば運べないような重い石も、膂力に長《た》けた獣人族であれば問題ない。

俺はふぅーと長い息を吐いて、椅子に座る。

「獣人族の束ね役、ステンチへ連絡してくれ。領都にいる獣人族の難民の中から、膂力のある者を兵士として登用する。仕事は先日の作戦で壊れた橋とルッセン砦の修復、そして国境の警備だ」

俺の言葉を聞いて、オルバートは深く頷く。

「なるほど、それは妙案《みょうあん》ですね。しかし、それだけ兵士を養う資金はあるのですか？」

「金については後で考える。今でも難民達に無料で食料や生活用品を配給しているんだ。どうせ同じように配給しないといけないないなら、砦で働いてもらったほうがいいだろう」

「確かにそうですね。分かりました。さっそく取り掛かりましょう」

難民の数も減らせるし、同時に橋や砦も修復できる。

俺って、考えればできる子じゃん。

机に向かったままニヤニヤと笑っていると、オルバートは不思議そうな表情で首を傾《かし》げる。

「獣人族の問題はそれでいいと思いますが、ドワーフ達と他の亜人族については、どうされるのですか？」

あー、亜人達もそっちに……とはいかないよな。得意にしているものは違うんだし。

頭を抱えそうになるのを、俺は一旦《いったん》やめて胸に手を当てる。

落ち着け、領地内のどこか別の土地に解決策があるかもしれない。

ドワーフは鍛冶が好き……鍛冶をするためには鍛冶場と鉱石が要る。

俺は頭に閃《ひらめ》いたことを、そのままオルバートへ尋ねる。

「ドワーフ族って、土いじりが得意なんだよな？」

「そうですね、地の神の眷属《けんぞく》と言われることもあります。真偽は分かりませんが。古い時代には、地下都市で暮らしていたドワーフ族もいるそうです」

俺は自身の閃きが正しかったことを理解する。

「ではドワーフ族には鉱山に住んでもらおう。たしか職人達が住む村があったはずだ。そこを拡張して住めばいい。鉱山の近くなら、いくらでも鉱石が手に入るし、土地も比較的余ってるはずだからな」

一応領内には、鉄鉱山と銀鉱山がある。そこに住んでもらえば問題ないだろう。

「なるほど、ドワーフ族は鉱山の鉱員としても最適ですね。給金は鉱石を渡せばいいでしょう。ドワーフであれば、武具や道具を作って、自分達で資金を稼ぐこともできますね」

これで嘆願のうち、二つは解決した。残るはレーリアの件だけだ。

現状を自分で把握したほうがよさそうだな。

俺は少し考えた後に立ち上がった。

「レーリアに会いに行く。クレトを呼んできてくれ」

俺はクレトと一緒に邸を出て、街へと向かった。

街中を改めてじっくり見てみれば、路地の奥で、難民であろう亜人や獣人達がたむろしている。

その様子を見た俺は、片手で顎《あご》をこする。

「予想していたより治安が悪くなっているな」

「一気に難民達が入ってきたからね。手持無沙汰《てもちぶさた》な者や稼ぐ手段がない者が増えると、どうしてもこうなるよ」

これ以上治安が悪化するのは困るな。

街の様子を見ながら外壁の大門へ向かう。

大門の検問所を抜け、外壁の外にある難民達の避難場所へと歩いていく。

そして近くにいた獣人族の少女に声をかけ、レーリアがいる場所まで案内してもらった。

子供達に囲まれて座っていたレーリアは、俺を見ると立ち上がって深々と礼をする。

「アクス様、このような場所まで訪ねていただき感謝します。今回は何用で？」

「難民達の現状を把握したくてね。詳しく教えてほしい」

俺の申し出を受けてレーリアは立ち上がると、難民達の生活について説明を始めた。

食料については配給があるので飢え死にする者はいない。

しかし、少ない配給を巡っての喧嘩《けんか》が絶えないらしい。

体が弱っている者達も多く、早く落ち着ける場所で休ませる必要があるという。

レーリアは胸の前で両手を握って、不安そうな表情をする。

「最近では、両親から離れた子供達を、見知らぬ男達が連れ去る事件が起きています。アクス様のお力をお貸しください」

人さらいの被害が拡大しているのか。

確かに、亜人や獣人は奴隷《どれい》としていい値がつく。まとまった金を手に入れようと思えば、人さらいに手を出してもおかしくない。

この世界では奴隷は珍しいものではなく、王国法で禁止されているわけではない。

うちの邸では奴隷を雇ってたことはないんだけどね。

俺もこの世界の感覚になじんでいるので、わざわざ買おうとは思わないが、目くじらを立てて領内で禁止するほどでもないとは思っている。

しかし、こうして人さらいが出るとなると、考えを改めないといけないな……

ともかく、まずは子供達の安全の確保だな。

これは早急に対処する必要がある。

それと、既に行方不明となっている子供達の足取りを追わないと。

人さらいの連中と奴隷商人のあぶり出しも必要だな。

さぁ、ますます忙しくなってきたぞ。


レーリアから難民の様子を聞き取った俺は、急いで邸へと戻った。

そしてセバスに指示して、ジェシカを呼び出す。

しばらく待っていると、面倒くさそうな表情でジェシカが執務室へ入ってきた。

「アタシに何か用か？　まだアタシはアクスを当主と認めたわけじゃないぞ」

まだジェシカはそんなことを言っている。

ここで言い争っても意味がないので、俺は無視して本題を切り出した。

「領都に集まっている亜人や獣人の難民の件だ。人さらいが横行している。たぶん、子供達は奴隷商に売り渡されている。子供達を助けるためにジェシカの力を借りたい」

人さらいと聞いて、ジェシカは眉を寄せる。

そして両腕に力を込め、胸の前で拳をぶつけた。

「奴隷商は大嫌いだ。アイツらは獣人を金儲《かねもう》けの道具としか見ていないからな。それで、アタシは何をすればいいんだい？」

「まずは軍で難民達を警護してくれ。本来は警備隊の仕事だが、彼らも手が回っていない。軍のほうは獣人の雇用で多少人数に余裕が出るからな。それと、こっちがメインなんだが……ジェシカは冒険者ギルドのマスターと仲が良いって前に言ってたよな。俺に紹介してほしい」

この世界にも、冒険者という存在がいる。

主に街周辺の魔獣の討伐や、商会の護衛などを請け負うことが多い。

そして彼らが集まるのが冒険者ギルドというわけだ。

「紹介するのは簡単だが、何をするつもりだい？」

「それは後で話す。これから冒険者ギルドへ行こう。一緒に来てくれ」

俺は争いごとは苦手だ。

運動も嫌いだし、武術の訓練もしたくない。

今まで何度も街で遊んできたが、冒険者ギルドへは行ったことがなかった。

今回は、冒険者ギルドの手を借りたいのだが、俺に冒険者とのつながりがないのだ。

まぁ、新しい領主として、冒険者ギルドとはつながりを作っておく必要はあるんだけどね。

ではなぜジェシカを頼ったかというと……

彼女は横暴で大雑把《おおざっぱ》だが、面倒見がよくてサッパリとした気さくな面もある。

そのためか冒険者のような粗暴《そぼう》な連中には人気で、以前にギルドマスターと飲み友達だと聞いたことがあるのだ。

彼女の紹介であれば、すぐにギルドマスターと会えると考え、頼ったわけである。

というわけで、街に出た俺とジェシカは、二人で冒険者ギルドへと向かった。

ギルドの建物に入ると、冒険者達は一斉に俺達へ視線を向ける。

その鋭い視線の中を、ジェシカは先に立って堂々と歩いていく。

カウンターに到着した俺は、可愛らしい受付嬢に声をかける。

「俺はこの度子爵を継ぐことになったアクス・フレンハイムだ。ギルドマスターと面会したい。取り次いでくれ」

受付嬢は俺の隣にいるジェシカを見て頷くと、俺に視線を戻して頭を下げる。

「ギルドマスターの執務室へご案内いたします」

そう言うと受付嬢はカウンターを離れ、部屋の奥にある扉に向かって歩いていく。

扉を開けると、奥に廊下が続いており、二階へ上る階段があった。

俺とジェシカは、階段を上ってギルドマスターの執務室へと案内された。

受付嬢がノックして扉を開けると、ソファに座っていた髭面の男が、こちらを見てニヤリと笑って手を上げた。

「ジェシカじゃねーか。毎回会うのは飲み屋だが、昼間に俺を訪ねるなんて何用だ?」

「あぁ、今回は当主がお前を紹介してくれと言うから連れてきた」

やはり彼がギルドマスターのようだ。

一見、かなり柄が悪くて威圧感はあるが、嫌な雰囲気はない。頼りがいのある雰囲気を持つ男だった。

というかジェシカ、俺のことを当主と認めないと言っていたのに、きちんとギルドマスターに紹介してくれるなんて……ジェシカって照れ屋なのかな？

俺は一歩前に出て、立ち上がったギルドマスターに片手を差し伸べる。

「俺はアクス。亡き父を継いで子爵領を治めることになった。よろしく」

「ああ、あんたがジェシカの言っていた子爵様の愚息か。俺の名はグレインだ。前領主様——お父上にはお世話になっていた。よろしくな」

グレインはクックックと笑って俺の手を握った。

俺がジロリとジェシカを睨むと、彼女は顔を逸らして口笛を吹く真似をする。

ジェシカ！　領民に俺の悪口を吹き込むなよ！

いつか彼女にも認められる当主になってやるからな。

挨拶を終えた俺とジェシカは、グレインの向かいのソファに座る。

そして難民の子供達が人さらいに誘拐されていることを説明した。

話を聞いたグレインは、難しい表情をして胸の前で両腕を組む。

「なるほど、人さらいか。街の無法者達の情報なら、冒険者ギルドを頼るのは正解だな。この前の戦争で、火事場泥棒《かじばどろぼう》でも狙《ねら》っていたのか、よそから来た怪しい奴も増えてきたし、治安が悪くなっているのは確かだからな」

「できることなら犯人と、その後ろにいる奴隷商人を捕まえてほしい」

「そうなると、通常の依頼とは別の特別料金がかかるな。けっこう高くなるぞ。冒険者は金を渡さないと動かないからな」

そう言ったグレインは、細かく金額を教えてくれる。

それは思っていたよりも高額だった。

今は領地を復旧させるのに資金をつぎ込んでおり、正直なところ余裕はない。

これなら、多少慣れていないとはいえ、警備隊や兵士を使って探したほうがいいか……？

俺が悩んでいると、隣で黙っていたジェシカが勢いよく机を叩く。

「お前、この間の飲み比べの勝負でアタシに負けたよな。そのまま酔いつぶれやがって。その時の代金をアタシが立て替えてやってるんだ。つべこべ言わずに手伝いやがれ」

「わ、分かった。人さらいの実行犯と、その後ろにいる奴隷商人の捜査は、普通の依頼として引き受けよう」

「あぁ、それでいい。犯人さえ分かれば、街の警備隊を使って取り押さえる」

俺は立ち上がり、ギルドマスターと握手した。

冒険者ギルドからの帰り道、俺はジェシカに笑いかける。

「今日はジェシカが一緒に来てくれたおかげで助かったよ」

「ふん、お前一人では頼りないからな」

ジェシカはそう言うと、俺から視線を逸らした。

口は悪いが、ジェシカは照れているだけかもしれない。

それから一週間後、冒険者ギルドから、人さらい達が領都の酒場をアジトにしているという情報が入った。

軍と警備隊の両部隊により、あっさりとアジトは壊滅し、人さらい達は全員捕縛された。

もちろん軽い罪で許すつもりはない。

俺の領地で罪を犯したらどうなるか、しっかりと教え込んでやろう。

◇　◆　◇

誘拐事件が解決した翌日、俺は厩舎の前で頭を抱えていた。

厩舎の掃除を終えたクレトが俺を見て、盛大にため息をつく。

「毎回、毎回、俺の前で悩むのはやめてくれない？　こっちまで頭が痛くなる」

「だってさ、部屋で一人で悩んでウツになったら治すのは大変なんだぞ」

「ウツって何だよ？」

あー、この世界にはウツの概念がなかったか。

「とにかく、俺が病気にならないように、クレトも一緒に考えろ」

「そんな無茶苦茶な……それで悩みって何だよ？」

俺の横暴さにうんざりとした表情を浮かべて、クレトが問う。

「金だ。金が足りない」

「おいおい、俺が金を持ってるように見える？　そうだな……金がないなら作るとか？　重罪で処刑になるけど」

リンバインズ王国では、貨幣の偽造は斬首刑《ざんしゅけい》だ。

流通する貨幣の全ては、王都で厳重な管理のもと製造されている。

正直なところ、見た目を似せるだけならいくらでもできるんだろうが、これまでに何人も貨幣偽造罪で捕まり、処刑されてきた。

つまり、何か見抜く方法があるというわけで、将来的にバレる可能性が高いのだ。

俺もまだ命が惜しい。偽造なんてもってのほかだ。

……ん？　貨幣を作る？

そこまで考えたところで、俺の脳裏に日本の紙幣が思い浮かんだ。

この国では硬貨しかなく、紙幣は存在しない。

というか、そもそも紙と言えば羊皮紙《ようひし》しかないのだ。一応、ボロ布を使った紙も存在しているらしいけど……色も汚いしボロボロだしで、羊皮紙ばかりになっている。

あとは木簡《もっかん》というか、木の板とかだな。

もしかして、前世であったような紙を作ったら、凄《すご》い需要が生まれるんじゃないか……？

たしか原料は植物だったけど……エルフは森の民と呼ばれていて、植物魔法を得意にしていると聞いたことがある。

これなら、亜人達に職を与えることができるかもしれない。

俺の頭の中を、アイデアが巡る。

俺はガバッと立ち上がり、クレトの肩を両手で持ってガタガタと揺らした。

「クレトのおかげで妙案が浮かんだ。俺と一緒にレーリアの所まで来てくれ」

頭をクラクラさせているクレトの背中を押して、俺達は街の外へと向かった。

レーリアの住んでいる小屋へ足を運ぶと、彼女は子供達の世話をしていた。

「何用でしょうか？」

「レーリア、エルフって植物魔法が得意なんだよな？」

「はい、エルフは風魔法と植物魔法を使いますが？　それが？」

「植物を原料にした新しい紙を作ろう。羊皮紙よりも扱いやすい紙を作るんだ」

俺の言葉に、レーリアは目をぱちくりさせる。

エルフ族が使う植物魔法は、彼らにしか使えない特殊なものだ。

その魔法であれば、紙の原料になる植物の成長を促進させることもできる。

運搬《うんぱん》や材料の切り出しは、獣人に手伝ってもらえばいいし、手先が器用なドワーフ族には、道具を作ってもらえばいいだろう。

そう考えると、紙作りの仕事は亜人や獣人にぴったりかもしれない！

俺はレーリアのもとを訪問した翌日、ステンチ、ドルーキン、レーリアの三人を邸の執務室へ呼んだ。

三人を目の前にして、俺はさっそく本題を切り出す。

「さて、今日は集まってくれてありがとう。前に相談に来てくれた件について話したいことがあるのと、ちょっと思いついたことがあって、それを手伝ってもらおうと思って、声をかけたんだ。昨日レーリアには少し話したが……新しい紙を作ろうと思う」

「紙だと？」

ドルーキンが首を傾げる。

「ああ。植物を原料にした紙だ。それを作るには、その原料となる植物の栽培と大量の水は不可欠でね。領都の近郊に、新しい村を作りたいと思っている。場所は先日の戦いで使ったトマム河近くの陣地跡だ。あの土地は、この間の戦で土地が荒れているからしばらく農作物は作れない。しかし広い平地だし、近くに水も豊富にある。あそこに村を作って紙作りの拠点にしたいんだ」

「その新しい紙を作るための村に、難民となっている亜人、獣人が移住するということでしょうか？　しかし難民の数は多いです。全員で村に住むことはできるでしょうか？」

ステンチが一歩前に出て、不安を口にする。

確かに難民の全員は無理だろうな。

だからこそ、この前オルバートと話した内容が関係してくる。

俺は落ち着いた仕草で両手を広げた。

「屈強な獣人は兵士として登用する。半壊しているルッセン砦の修復と警備に就いてもらう予定だ。食事や備品は配給するから安心してくれ。残りの獣人は、その村作りと、紙作りに関する力仕事全般を受け持ってもらう」

するとドルーキンが控え目に手を挙げる。

「わしらは？」

「ドワーフは器用だろう？　紙作りに必要な道具を作ってもらいたいから、半数はその村に移ってほしい。残りの半数は、近隣の鉄鉱山と銀鉱山の近くにある鉱員達の村に移住してもらうことになる」

俺の言葉を聞いてドルーキンは納得したように頷く。

その隣へ視線を移すと、レーリアがジッと俺を見ていた。

「昨日も簡単に伝えたが、エルフ族には紙の原料となる植物の育成を頼みたい。他の亜人達は紙作り全般で働いてもらう予定だ」

俺の言葉に、レーリアは頷く。

俺は三人の顔を見回して、言葉を続けた。

「これが難民達の処遇となる。本当はふんだんに資金を提供したいところだけど、今は色々と入り用で余裕がない。だが必要最低限の援助はさせてもらう」

この言葉を聞いて、レーリアは深々と礼をする。

「亜人、獣人のために様々な提案をいただきありがとうございます。全て領主であるアクス様にお任せいたします。獣人族、ドワーフ族もそれでいいわね？」

「エルフに言われなくても分かっておる。従うわい」

「獣人族のこと、お任せいたします」

レーリアに向けてドルーキンがブツブツと文句を言う。

それを気にかけず、ステンチはモフモフした尾を左右に大きく振った。

今回作るのは、前世の記憶の中にかすかにある、紙作りの経験や動画をもとにしたものだ。

たしか、紙の原料は植物が主だったはず。

繊維《せんい》の長い植物を使う和紙を作るには、植物の選定から始めないといけないのでナシ。

なので、木材を粉砕して原料にした紙を作ることにした。

これなら、杉などの建材に使っているような木材を使えるはずだ。

とにかく木材を砕いて細かくしていき、繊維同士がくっつきやすいようにする。そしてその繊維を、紙漉《かみす》きの型枠の上に流し込み、均等に広げていく。

紙漉き型枠の上からローラーで水分を落とし、さらに乾燥させると紙の完成だ。

かなり曖昧な知識ではあるが、おおむねこんな作り方だったはず。

手漉き紙を作る体験もしたことがあるから、基本的にはこれでいいはず。

あとは実際に、どれだけ綺麗《きれい》な紙が作れるかは、皆の技術力次第だな。

あまりちゃんと覚えてないけど、薬品を使って漂白《ひょうはく》する工程とかもあったはず。そのあたりは、ドワーフの皆が思いついてくれるのを祈《いの》ろう。

紙の作り方を皆に説明したあと、オルバートを含む五人で、本格的に村作りについて夜遅くまで話し合った。

◇　◆　◇

五日後。

俺はステンチ、ドルーキン、レーリア、オルバートの四人と一緒に、トマム河の近くにある村の建設予定地へ来ていた。

作業に当たる亜人、獣人達も連れてきている。

まずは俺の号令で、荒地から大きな石や岩、流れてきた樹々などを撤去していく。

獣人族、それにドワーフ族の膂力は驚くもので、村の予定地とその周囲は数時間で綺麗な更地《さらち》となった。

そしてエルフ族が地面に魔法植物の種を蒔《ま》き、手をかざして植物魔法の詠唱をする。

すると地面から植物がニョキニョキと生え、立派な樹々へと成長していく。

この前レーリアに詳しく聞いたのだが、エルフは魔法的な改良を施した植物の種を持っており、その植物に魔法をかけることで、魔力を糧に植物を育てることができるんだとか。

その姿を見て、レーリアは嬉《うれ》しそうに顔を綻《ほころ》ばせた。

「このあたりは荒地ですが、水分が豊富ですから植物の根がよく育ちます。これなら立派な森になるでしょう」

彼女の言葉通り、ほぼ森かというくらいに木々が育った。

森にしてくれと指示したつもりはないんだけど……まぁ、これから紙を作るために、樹々は沢山あっても困らないか。

「獣人の皆さん、シャキシャキと働くように！」

ステンチがモフモフした尻尾を勢いよく振りながら、獣人達に作業を指示していく。

成長した樹々を、獣人達が凄まじいスピードで斧《おの》で切り倒していく。

それを見たドルーキンはフンと鼻息を荒くし、何度も顎髭をさすった。

「獣人どもに負けられんぞい。我ら、ドワーフ族の意地の見せどころじゃ」

ドルーキンの大声があたりに響き渡る。

その声に応えるように、ドワーフ族は手頃な大きさの材木に形を揃え、その材木をそれぞれの用途に合うよう、手早く加工していく。

ここで出た枝や端材は、あとで紙の原料にもできるな。

亜人、獣人族の全員が一丸となって村作りが進んでいった。


そうして一週間後。

視察のために訪れた俺とオルバートの目の前では、とりあえずということで、丸太小屋がいくつも完成していた。

しかし今は、丸太小屋ではなく、しっかりした造りの建物を作り始めたところである。

そしてその丸太小屋の一つの前では、亜人達の手によって紙を作る道具が組み立てられていた。

製紙に向けての準備が、本格的に始まったのだ。

村の様子を見ていると、亜人や獣人の皆の表情からは陰《かげ》がなくなり、笑顔が戻っていた。

オルバートは作業の様子を見て、大きく頷く。

「これなら大丈夫そうですね」

「ああ、順調にいけば大きな商いになるはずだ」

それから、ドルーキン達代表者に色々と話を聞き、不足しているものがないか、問題は起きていないかを確認していく。

そうこうしているうちに、あっという間に時は過ぎ夕暮れになったので、俺とオルバートは一緒に邸へと戻った。

そうそう、亜人、獣人達が新しく作った村は『パピルス村』と命名した。

前世の知識にあった、古代の紙の名前だ。

正確には、今回作った紙とは製法とかも違うんだけど……まぁ、俺と同じ前世の知識を持った人はいないだろうし、気付かれることはないから気にしないことにした。


さらに一週間が経つ頃には、大きな建物もいくつか出来上がった。

建物の建築以外にも、製紙のほうに人を回す余裕が出てきたため、紙作りが始められた。

そしてさっそく、試作された紙を持ち、ドルーキンが邸を訪れた。

「これでいいか？　なかなかの出来だと思うが」

ドルーキンは手に持った紙を俺に見せる。

サイズは前世で言うところのA4サイズくらいだろうか。縦三十センチ、横二十センチくらいだと思う。

初めて作ったので、少し厚みがあり、ややボロボロではあるが、確かに紙である。

俺は紙の両面をさすって、笑みを浮かべる。

「これなら十分に羊皮紙の代わりになる。もっと薄く、白く、丈夫にすれば、貴族達に売れるだろう」

この世界では紙は安いものではないし、庶民が大量に買っていくことはない。

紙の売買で商売を考えるなら、貴族が狙い目だ。

俺の意図を察してドルーキンはニヤリと笑う。

「うむ、ゴワゴワした手触りがスベスベになるように改良は重ねるつもりじゃ。紙作りは任せておけ」

これで製紙は軌道に乗りそうだな。

さあ、出来上がった紙は誰に売りつけようかな？

第3章　王都へ

ドルーキンが紙の試作を持ってきてから二週間が過ぎた。

紙の改良は順調で、以前のものに比べて滑らかで、色もかなり綺麗になってきた。

さすがドワーフというべきか、こういった物作りの改良スピードが半端じゃないな。

難民問題も解決したし、この紙を上手く売ることができれば、財政に余裕も出るだろう。

俺とオルバートが執務室で領地について話し合っていると、王都から早馬がやってきた。

そして邸に入ってきた騎士は、右腕を胸に当てて姿勢正しく礼をする。

「ベヒトハイム宰相《さいしょう》閣下《かっか》がお呼びである。至急、王宮まで来られたし」

そう言われ、俺はハッとした。

父であるバルトハイドが砦で亡くなったこと、そして俺が跡を継ぎ、侵略を撃退したことは、早馬で王宮へは知らせてある。

しかし、俺が王宮へ赴いて正式に報告する義務があったことを忘れていた。

俺は椅子から立ち上がり、まっすぐ騎士を見る。

「準備ができ次第、王宮へ参ります」

「承った」

騎士はそう言うと、再び礼をして邸から去っていった。

その後ろ姿を見送って、俺はヨロヨロと椅子に座り込む。

「難民問題が解決したと思えば、次は王宮への訪問か。俺が当主になってから忙しすぎないか。少しは休ませてくれ」

机に突っ伏してブツブツと愚痴を言う俺に、オルバートが追い打ちをかける。

「先の帝国軍の侵攻で、民の心は荒《すさ》んでおります。領都の難民問題は解決しましたが、まだまだ問題は残っていますよ。ビシビシと働いてください」

「お前は鬼か！」

あまりに容赦のない言葉に、俺はガバッと机から顔を上げて叫ぶ。

すると、言葉とは裏腹にオルバートは微笑んでいた。

「宰相閣下のお言葉は、国王陛下のお言葉と同じです。そろそろ夏が近づいて参りましたが、今から王都へ向かえば、秋になる前には戻ってこられるでしょう。それまで私が領内を支えますから、アクス様は、もちろん仕事ではありますが、気軽な旅のつもりで楽しんできてください」

宰相といえば国王に次いでの権力者だ。

王国の行政のトップでもある。

その宰相からの命なのだから、早急に対処する必要があるな。

俺は腕を胸の前で組んで、椅子に座り直す。

紙の生産ができるようになっても、買い手を確保しなければ意味がない。

元々貴族に売るつもりだったたし、王都にいる貴族達とつながりを作って、紙を買ってもらうのもいいな。

それに王都へ行けば、大手商会の本店がある。

そこへ製紙についての話を持ち込むのもいい案だ。

「では、俺は王宮へ向かうことにする。留守の間の領地経営はオルバートが指揮をしてくれ」

「はい。任されました」

そうと決まれば、さっそく旅の準備をしなければ。


三日後、俺はクレトを御者として、三人の兵を護衛につけて王都へと向かって出発した。

王都までは馬車で一ヶ月。なかなかの長旅だ。

馬車での旅は順調に進み、領都を出てから五日が経った。

窓の外に広がっている、子爵領内の小麦地帯を見ていたら、なんだが穂の高さが短いような気がするんだけど……?

そのことが妙に気になり、御者台にいるクレトへ声をかける。

「あと、二ヶ月ほどで小麦の収穫時期に入るはずだけど、例年よりも小麦の育ちが遅いように見えるな。そう思うのは俺だけか？」

「収穫はまだ先だから、ハッキリしたことは言えないけど……確かに去年よりも穂の長さが短いね」

やはりクレトが見ても、俺と同じように感じるのか。

もしかすると、今年は小麦の生産量が減るかもしれないな。

戦のせいで、我が領地には食料の備蓄はほとんどないのに。

農民からの税収が下がるのは痛い。

頭痛がしてきた俺は、窓の外を見るのをやめて、目をつむった。


それから一週間が経ち、リンバインズ王国の中央部と南部を隔てているカストレル連峰へと入った。

この連峰は、標高千五百メートル以上の山々が連なっていて、ここ以南を南部地域と呼び区切られている。

それなりに人通りがある街道が通っているのだが、いかんせん崖崩《がけくず》れなどもあり、いたるところに小さな岩や石が散乱している。

ゆっくりと馬車を進めていくが、ガタゴトと体が揺れ、座っていても体が跳ね上がる。

この揺れと尻の痛さは、馬車の旅の難点だ。

峠《とうげ》に差しかかったところで休憩《きゅうけい》となり、護衛兵達が、危険がないか馬で偵察に行った。

そして戻ってくると、馬車の扉を開ける。

「ここから一キロほど行った先に、馬車が壊されて停車しています。どうも魔獣に襲われたようです。人影と、魔獣の姿はありませんでした」

この連峰で人の手が入っているエリアは、唯一この街道沿いくらいで、少し外れたところにある森には、普通に魔獣もいる。

こんな誰もいない場所で襲われたら、助けも求められないかもしれない。そんなのイヤすぎる。

脳裏に凶悪な魔獣の姿が思い浮かぶ。

俺はそれを吹っ切るように頭を左右に振った。

「夕暮れまでには峠を越えたい。先を急ごう」

基本的に魔獣は、日が沈んでから活発に行動するようになる。

だからその前に、できるだけ早く馬車を進ませたい。

しばらく進むと、兵が話していた馬車が止まっていた。

俺は自分の馬車の窓から顔を出して、その馬車の壊れ具合を見る。

扉は引き裂かれるように壊れ、中もズタズタに破壊されているようだが、報告にもあったように、人影はない。

馬車の傷痕から推測するに、ゴブリンやコボルトのような小型の魔獣ではなさそうだ。いったい何の魔獣だ？

「ちょっと気になるから馬車を止めてくれ」

「こんな惨劇のあった場所、さっさと通り過ぎようよ」

興味を持った俺とは逆に、クレトは早く馬車を発車させようとゴネる。

それでも強引に止めさせ、クレトを御者台に残したまま、俺は馬車から降りた。

そして壊れた馬車に近寄って、つぶさに観察する。

すると、馬車の後ろ側に荷を入れる場所があるのに気付いた。

そしてその部分から、不意にカタカタと音が鳴った。

周囲を警戒していた兵達は、剣を鞘から抜いて身構えた。

俺は恐る恐る近づいて、その場所の扉を開ける。

すると荷を入れる場所に……モフモフした生き物がいた。

モフモフした生き物は白金色をしており、顔の作りはマメシバに近く、三本の尾は狐《きつね》のようにフサフサだ。

モフモフは鼻をヒクヒクさせ、威嚇するように犬歯を見せる。

「フ……フ……バウ……バウゥ」

その姿は、どこから見ても可愛い動物でしかない。

俺は魅了されたようにヨロヨロと近づき、つい手を差し伸べる。

はじめは鼻に皺《しわ》を寄せて威嚇していたモフモフだが、俺に敵意がないことが分かると、ペロペロと舌で俺の手を舐《な》め始めた。

うおおー！　めちゃめんこい！

俺は犬を撫《な》でるように、モフモフの頭や顔を撫でる。

モフモフも気持ちよさそうに目を細めてご満悦《まんえつ》な様子だ。

すると俺の後ろから、クレトの声が聞こえてきた。

「それって小さくても魔獣だよね。大きくなったら飼えないよ。誰が飼育するの？　俺はイヤだからね」

「こんな可愛い子になんてことを言うんだ。この子が危険な魔獣なわけないだろ。俺が面倒を見る」

俺はモフモフを両手で抱え、クレトを睨む。

その姿を見て、クレトは頭を両手で押さえた。

「ホントに俺は世話をしないからね」

俺は大の動物好きである。

昔から、邸に迷い込んだ子犬や子猫を父親に黙って飼っていた。

ただ毎回、世話係を押し付けられたのはクレトだったし、見つかって怒られたのもクレトだっ

たっけ。

クレトは諦《あきら》めたような表情になり、身を回転させると馬車へと歩き出した。

そして後ろを向いたまま、俺に質問する。

「どうせ止めても飼うんでしょ。それで、その子の名は何にするの？」

「そうだな……小さくて可愛いし、今は春だから、コハルにしよう」

俺は両手でコハルを頭上近くまでかかげ、大きな声で名を告げた。

するとコハルは嬉しそうに三本の尻尾を激しく揺らした。

「ワァオオーーン」

◇◆◇

そうして峠を越えて二週間。領都を出てから一ヶ月後の朝、やっと馬車は王都リンバイへ到着した。

カストレル連峰の峠でコハルを拾ってからの約二週間で、コハルについて少しだけ分かってきた。

どうやらコハルは知能が高く、人の言葉が分かるらしい。

犬とか狐の類《たぐい》の魔獣だと思うけど、いったい、どんな魔獣の子供なのかな？

はじめはコハルを飼うことに反対していたクレトも、今ではすっかりコハルの虜《とりこ》になっていた。

ともかく、今は目の前の王都リンバイだ。

遠くから見た限り、我が領都フレンスの百倍以上の広さはあるだろう。王都をぐるっと囲っている外壁も、高さがフレンスの二倍以上ある。

その高さに驚きながら外壁の大門をくぐると、大通りには人や馬車が溢れていた。

俺もクレトも、その光景に圧倒される。

「賑《にぎ》やかな都市だなー」

「こんなに人が沢山いる都市は初めてだよ」

初めて王都へ訪れた俺とクレトは、目を大きくして興奮している。

俺の膝の上ではコハルが嬉しそうに吠《ほ》えていた。

「ウワァン、ウワァン」

どこから見てもモフモフの犬にしか見えないな。

ちなみに王都に入る際、兵士にコハルを見られたが、俺が子爵であることを告げると、問題なく通してもらえた。

コハルが俺の言うことを聞いてお利口にしていたからな。どうやらペットを飼う貴族が多いらしく、またテイマーと呼ばれる、魔獣を従える冒険者もそれなりにいるため、王都への魔獣の連れ込みは制限されていないらしい。

ともあれ、俺達一行は、まず安宿を探すことにした。

領地を持たない貴族は王都に館を持っているし、地方を治める大貴族などは王都に別邸を持っている者も多い。

しかし地方の小さな領地を管理するうちのような貧乏子爵家に、別邸を持つほどの資金はない。

さらに言えば、今回は王宮から呼び出されたわけだが、王宮には俺達を泊めるような部屋はないため、自分で宿を用意するのが慣例となっている。

しかし俺達は田舎《いなか》貴族。王都なんて来たことがない。

宿を何軒も調べ、やっと安い宿を確保することができた。

それでも一部屋、銀貨六枚だ。

領都フレンスであれば銀貨三枚で宿に泊まれたのに二倍の料金である。

やはり王都の物価は高いな。

ちなみにこの世界の貨幣は、前世で換算すると、小銅貨一枚が十円、銅貨一枚が百円、銀貨一枚が千円、金貨一枚が一万円。さらにその上に、十万円の大金貨、百万円の白金貨、一千万円の光金貨がある。

まぁ後半のほうは、領地の予算で見るくらいのもので、普段の生活で使うことはないんだけど。

翌朝、宿屋の食堂で軽く朝食を済ませた俺とクレトは、馬車で王宮へ向かう。

コハルは兵達と一緒に留守番だ。

さすがに王宮へ魔獣を連れ込むことはできないからね。

王宮の城壁の大門で、俺は懐《ふところ》から家紋《かもん》の入った短剣を出して、衛兵に見せる。

「私はフレンハイム子爵家、嫡男のアクスだ。ベヒトハイム宰相閣下の命により参上した」

俺の言葉を聞いた衛兵は、短剣を確認した後に大門の扉を開ける。

王宮の貴族専用の厩舎に馬車を止める。

すると厩舎にいた一人の衛兵が、宰相のところまで案内してくれるという。

クレトには馬車で待機してもらい、俺は城の衛兵と一緒に王宮の一階を歩く。

そして階段を五階まで上って、宰相の執務室へと到着した。

ベヒトハイム宰相と面会するのは初めてのことだ。

噂ではとても厳しい方で、父上が旧知の仲だと聞いたことがある。

俺が緊張で汗ばんでいると、衛兵は執務室の扉をノックする。

「フレンハイム子爵家の方をお連れしました」

「ご苦労。入ってもらえ」

部屋の中から、よく響く低い声が聞こえてくる。

「失礼します」

扉を開けると、窓際の机に座っている、厳《いか》めしい人物と目が合った。

痩身《そうしん》で髪をオールバックにし、眼鏡《めがね》がよく似合う壮年の男性だ。彼がベヒトハイム宰相か。

宰相はジロリと俺を見据えた後に、椅子から立ち上がる。

「お前がフレンハイム子爵の息子だな。なぜ私に呼び出されたか分かるか？」

「亡き父の件と、帝国の侵略行為についての報告と認識しています。王宮へは伝令を走らせましたが、正式な報告をしろということでしょう」

「ふむ、まんざらバカではなさそうだ、あいつの息子にしてはな」

あ、そういえば父上と宰相は馬が合わないって、愚痴を聞いたことあったっけ。

よく父上は宰相の悪口を言っていたからな。

バリバリの武人の父と、文官の最高職である宰相では、性格が合わなさそうだよね。

宰相は少しだけ目をつむり、重々しく口を開く。

「それで、あの武だけが自慢だった筋肉は、どうやって死んだのだ？」

俺もルッセン砦の戦いについては、兵からの報告でしか知らない。

しかしできるだけ丁寧に、俺は父上の死に様《ざま》について説明する。

全てを聞き終わった宰相は、ゆっくりと目を開いた。

「あのバカとは考え方が合わなかった。しかし、バルトハイドの国王陛下への忠誠心は本物だった。惜しい男を亡くしたものだな」

あれ？　宰相と父上は仲悪くなかったの？

部屋の中央まで歩いてきた宰相は、俺の前で腕を組む。

「フレンハイム領は先の戦いの結果、領地が荒廃していると聞く。さてアクスよ、バルトハイド亡き今、お前はどのように領地を運営していくつもりか？」

そういえば、今後のことについては何も伝えていなかったか。

俺はトルーデント帝国軍の侵攻から今までのことを一気に説明する。

ついでに、紙についてもしっかりと伝えておいた。

それを黙って聞いていた宰相は、製紙について興味深そうに目を細める。

「樹木で紙を作ったと？　試作品は持ってきているのか？」

「はい、こちらに」

俺は肩かけ鞄《かばん》から試作品の紙を取り出し、宰相に手渡す。

俺が領都を出る頃には、それなりの薄さで、まだザラザラではあるものの実用的な滑らかさのものが完成していて、売り込みにはちょうどいいと思って持ってきていたのだ。

それを手で撫でて質感を確かめた宰相は、感心したような表情で俺を見る。

「紙の作り方はどこから聞いた？」

まさか前世の日本の知識だと言っても、宰相には通じないからな。

ここは上手く誤魔化そう。

「誰からも聞いていません。木の薄い板に字を書けるなら、もっと薄い板は作れないか。木はバラバラにすれば細かい繊維になる……その発想から、木の繊維を応用することを思いつきました」

俺の言葉を真に受け、宰相は顎に手を持っていく。

そしてブツブツと独り言を呟《つぶや》く。

「ふむ、そういう考え方もあったのか。この発想は、まさか才能？　それとも……誰かの入れ知恵か？」

少しの間思案していた宰相は、両腕を下ろして俺に一歩寄る。

「国王陛下に謁見してもらう。明日の早朝に王宮へ参れ」

ん……なんだか予想外の方向へ話が飛んでいったな。

国王陛下との謁見から逃げるわけにもいかない。

「はい。かしこまりました」

こうして俺は、国王陛下に初めて拝謁することとなったのだった。

◇　◆　◇

翌日。宿を朝早くに出た俺は、再び王宮にやってきていた。

謁見の間に通された俺は、部屋の中央で片膝をついて礼をする。

玉座に座っているフォルステル国王陛下は、がっしりとした体形の金髪の男性だった。

年の頃は、ベヒトハイム宰相と変わらないだろう。

国王陛下は満足そうに微笑む。

「王都までご苦労。バルトハイドが亡くなったことは余も悲しい。あの者は本物の忠臣であった」

「陛下にお言葉をいただき、父も喜んでいることでしょう」

俺は恭しく頭を垂れたままそう言う。

すると国王陛下は「顔を上げよ」と俺に命じる。

俺が顔を上げると、陛下は玉座で前屈みになっていた。

「アクスよ、領地で新しい紙を開発したと宰相から聞いている。それは誠か？」

「はい。まだ試作の段階でザラザラした質感ですが、書き物には使えます。薄さや強度、色味など、品質を上げれば羊皮紙の代わりになると考えています」

タイミングよく、宰相が懐から紙を取り出してフォルステル国王陛下へ手渡す。

それを手に取った国王陛下は、紙の質を丁寧に確かめながら俺を見る。

「……確かに書き物には使えるな。よくできておるが、まだまだ改良の余地はあると……」

「はい。私が王宮におります今も、職人達が品質改善をしていますので、領地に戻った頃には、良質の紙が完成しているはずです」

「なるほど……その改良した紙の全てを王宮で一度買い取り、商会を通して販売する。これは王命である。よいな？」

え？　王宮は紙を独占するの？

それは予想外だよ！

俺は驚きのあまり言葉を失った。

すると玉座の隣に立っている宰相が一つ咳払いをする。

「これはフレンハイム子爵領にとっても、いい提案なのだ。王宮が紙を買い取り、リンバインズ王国中にそれを広める。つまり、王宮が後ろ盾になるも等しい。そうなれば、紙の製作を邪魔にする者はほぼいなくなる。そもそもフレンハイム領で作られたとバレないようにもしよう」

確かに、俺の紙が広まれば、羊皮紙を扱う業者からしてみれば邪魔でしかない。

となれば、生産の妨害をしてくるのは間違いない。

貧乏子爵家では、妨害工作の影響で、製紙が頓挫《とんざ》する可能性もある。

そのことを見越して、ベヒトハイム宰相はそのようなかたちを提案してきたのだろう。

新しい理《ことわり》が起これば古い理《ことわり》は崩れる。

それほど紙の普及は王国にとって影響が大きいと思われているのか。

まあ元々、王都の商人や王都の貴族に紙を売ろうと考えていたけど、王宮が紙を買ってくれるなら願ったりかなったりだ。

しかし、王宮が紙を独占販売するとして、俺の取り分はどれだけだろうか？

俺は黙ったまま、頭の中で計算する。

その様子を見ていた国王陛下は、隣の宰相へ合図を送る。

すると宰相が言い放った。

「フレンハイム子爵領の取り分は一割とする」

え……一割なんて安すぎないか。

紙を製造するのは俺の領地の職人達だ、いくらなんでも安すぎる。

しかし反論するわけにもいかない俺に、宰相は気にせず話を続ける。

「王宮が後ろ盾になり販売するのだ。これほど心強いことはあるまい。職人の数が少なければ、王都から職人を派遣しよう。そうだな、フレンハイム領からの流通も、王家が懇意にしている商会を使えば、運送費用も抑えられよう」

紙作りは金になると宰相は勘付《かんづ》いたらしいな。

将来的に製紙の技術を丸ごと乗っ取ろうということか？

職人に紙作りを覚えさせれば、どの土地でも紙を作ることができるからな。

俺は顔を上げ、静かに二人に訴える。

「恐れながら、製紙は特殊な技術が必要です。職人であれば誰でも作れるものではありません。職人の数については領内の者だけで足りています。職人達のことを思ってくださるなら、その労力も含めて三割でお願いいたします」

実際のところ、この品質と量を作れているのは、エルフにドワーフ、獣人の力があってこそ、だから嘘はついていない。

「ほう、王宮を相手に三割の取り分が欲しいと言うのか」

ベヒトハイム宰相は、眉間《みけん》に皺を寄せ、険しい表情になる。

しかし俺とベヒトハイム宰相のやり取りを聞いていたフォルステル国王陛下は、ゆっくりと片手を上げて宰相を制した。

「まぁ待て、宰相。アクスよ。なぜ三割が妥当《だとう》と考えるのか？」

「製紙の方法を編み出したことに一割、職人達の技術に一割、紙作りに関わる作業量に一割です」

「では王宮の取り分は、どのように考える？」

「陛下への献上《けんじょう》に二割、王宮の後ろ盾に二割、商会を融通《ゆうずう》してくださることに一割、商会の取り分に一割、現在羊皮紙を扱っている商人達への補填《ほてん》に一割です」

国王陛下はゆっくりと頷いた後に、宰相へ視線を送る。

その意図を受け取った宰相は指を一本立てる。

「考案料の見積りが高い。フレンハイム子爵家の取り分は二割としよう。アクスに紙のアイデアをもたらした知恵者を連れてくるなら、二割五分で検討してもよい」

あー、そう来たか。

ベヒトハイム宰相は俺が考案者だと思わなかったんだな。

貴族が色々な道具を生み出すなんて、通常はないことだから仕方がない。

それで、そのアイデアを出した者を取り込もうと考えているのか。

さて、どうしようか？

俺は考えた末に頭を垂れる。

「紹介できない理由がございます。その者、身分が卑《いや》しく、王宮へ連れてくるのもはばかられまして」

俺の言葉を聞いて、宰相は片眉をつり上げる。

「その者は亜人や獣人か？　それなら別に気にはしないが」

「いえ、奴隷です。亜人の女性の犯罪奴隷なのです」

この異世界には男女平等という概念はなく、女性の地位はまだまだ男性より低い。

そしてリンバインズ王国は、トルーデント帝国のような人族至上主義ではないが、平等主義でもない。

やはり人族と、亜人や獣人族との間に差別はある。

その上、やむを得ない事情で奴隷になった者と違い、犯罪がきっかけで奴隷となった犯罪奴隷は忌み嫌われる。

簡単に言えば、亜人や獣人の犯罪奴隷といえば、王国で最低な身分ということだ。

これならフォルステル国王陛下、ベヒトハイム宰相も会いたいと言えないだろう。

俺が内心で笑みを浮かべていると、国王陛下はニコニコしながら口を開く。

「余のことなら気にするな。下賤《げせん》な身分でも気にせぬ。連れて参れ。褒美《ほうび》を渡そう」

ゲェ！　連れてきていいって言うの？

通常では王宮へは一般庶民は入れないのに！

俺は床を見つめたまま冷や汗をかく。

そんな俺の様子を見て、ベヒトハイム宰相の冷たい声が届く。

「国王陛下のご命令だ。その者を連れて参れ」

国王陛下の命は絶対だ。

しかし、謁見の間で国王陛下に嘘を言ったとあれば、不敬罪で斬首になる。

このままでは俺の命がなくなる。

欲を出すんじゃなかった。

俺は必死で頭を巡らせる。

「その者は領都フレンスにおります。まさか国王陛下に謁見を賜《たまわ》るとは思わず、連れて参りませんでした」

領都にいると言えば、時間を稼ぐことができるからな。

もしそれでも連れてこいと言われたら、どこかで適当に人を探すしかない。

足を組み替えた国王陛下は、楽しそうに玉座の取っ手を指で叩く。

「ではこうしよう。一年後に、製紙の販売を祝した舞踏会を催そう。その時に考案者を連れてくるがよい。それまでの間、フレンハイム子爵領の取り分は二割とする……そうだ。一番大事な用を忘れておった。アクスはバルトハイドの後、子爵を継承することを許す。また、帝国との交渉も、余の代理として許す。上手くやるように」

「はは、ありがたき幸せ」

フォルステル国王陛下の決定により、謁見は終了した。

俺は部屋を出ると、一目散に王宮の厩舎へと急いだ。

厩舎でノンビリと座っていたクレトは、俺を見て立ち上がる。

「謁見は上手くいったの？」

「予定の通り、俺は正式に子爵になった。ちょっと予想外の展開もあったけどな」

「予想外？」

その言葉を聞いて、クレトは不思議に首を傾げる。

王宮の中で、謁見の間でのことを話すことなんてできない。

俺は急いで馬車へと飛び乗った。

そしてクレトへ行先を告げる。

「街だ。繁華街へ行く。今から大至急で奴隷商に向かうぞ」

国王陛下と宰相の前で、アイデアが豊富な奴隷がいると言ってしまった。

だから一年後の舞踏会までに、奴隷を買って育成する必要があるのだ。

そうしないと俺の人生が詰む。

俺とクレトは王宮を出て、街の中心部へと馬車を走らせた。

どうしてこうなった！

◇　◆　◇

急いで街の中心部まで行った俺とクレトは、一度宿に立ち寄って馬車を預けた。

そして宿の主人から奴隷商人についての情報を聞き出して、奴隷商の館へと歩いて向かうことにした。

さっきも軽く話したが、この世界の奴隷は、様々な背景を持っている。

商会で売られている奴隷は、主に労働奴隷、戦闘奴隷、性奴隷、犯罪奴隷の四つに分類される。

奴隷達は首、手首、胸元に奴隷の証である奴隷紋という魔法でかけられた印があり、首に奴隷の首輪が嵌《は》められているのが特徴だ。

教えてもらった奴隷商があるのは、王都の中央から西に進んだ場所に大きな繁華街、そのはずれの一角だった。

館の玄関は地下にあり、暗い階段を降りて扉を開ける。

館の中へ入ると受付になっていて、俺は受付嬢へ奴隷を見たいと告げる。

すると受付嬢は礼をして廊下の奥へ去っていった。

そしてしばらくすると、上質な服を着た太った男が現れた。

「私はこの館の主、奴隷商のゲレオンと申します。以後、お見知りおきを」

「俺はアクス・フレンハイム子爵だ。奴隷を買いに来た。王都にはいい奴隷が多いと聞いたものでな」

「ほう、子爵様でしたか。王都には良質の商品が巡ってきますからね。購入目的は性奴隷でよろしいでしょうか？」

そう言われて、俺は前世のエッチな動画のことを思い出す。

前世ではそれなりに経験もあっただろうけど、個人的な記憶は全くない。

現世ではまだ童貞《どうてい》だ。

いや、そんなことはどうでもいい。

性目的で奴隷を買おうなどと考えたこともないし、そもそも今まで奴隷を一度も買ったこともない。

俺はどんな奴隷が必要かを考え、口を開いた。

「性奴隷はいらない。それなりに従順で、読み書き、計算ができる亜人族の女性奴隷を探している。教養があればなおよい」

来年には製紙の考案者として国王の前に出す予定なのだから、最低限の教養は必要だ。

一年で貴族並の所作を徹底的に覚えさせるつもりだから、性格は従順なほうがいい。

ゲレオンは俺を値踏みするようにジロジロと見て手をポンと叩く。

「さすが子爵様。やはり女性には気品が必要でございますな。そのほうが夜も一層激しく」

何を妄想してるんだ。この太っちょは。性奴隷じゃないって言っただろ。

俺の隣で、クレトは黙ったまま顔を赤くして俯いていた。クレトもまだ童貞だもんな。

俺達二人の様子を見て機嫌がよくなったのか、ゲレオンは服のポケットからジャラジャラと金色の鍵《かぎ》を取り出して、片手を廊下の奥へ向ける。

「さあ、ご覧ください。値は張りますが、粒ぞろいの女性奴隷を取り揃えております」

廊下の奥へ進んでいくと二重扉があり、その鍵穴へゲレオンが鍵を差す。

そして扉を開けると、首に枷《かせ》を嵌めた女性奴隷達が椅子に座っていた。

どの女性も露出度の高いドレスを着て、妖艶《ようえん》な視線を送ってくる。

俺の隣でクレトがゴクリと生唾《なまつば》を呑み込む中、ゲレオンは片手をかざして女性達を紹介していった。

中には読み書きができる者もいるが、ここにいるのは人族ばかりだった。

エルフやドワーフ族の女性奴隷もいたが、読み書きができないなど、なかなか条件に合致しない。

結局、目当ての奴隷が見つからず、俺達は客間へと戻った。

そこでゲレオンはいやらしい笑みを浮かべて両手を揉《も》む。

「先ほどの奴隷達でしたら、値段のほうは勉強いたしますが。いかがでしょうか？」

「うーん、やっぱり読み書きは最低ラインなんだよな」

「そうなりますと、女性ではなかなか難しいですな……」

ソファに座ってゲレオンと奴隷について話し合っていると、扉が開き紅茶とクッキーが運ばれてきた。

俺は、それを運んできたメイドに注目する。

身長は低く、子供ぐらいだろうか。

その割にスタイルがよく、胸も人族の女性ほどに大きい。

耳の先端が尖《とが》っているので、エルフかもしれないが……判断がつかない。領都で見たエルフとはまたちょっと違う気がする。

メイドは上品な所作で、テーブルの上に紅茶とケーキを置いていく。

俺は興味をそそられて、メイドに声をかける。

「この紅茶とクッキーは君が作ったのか？」

「はい。お菓子作りは得意ですので」

メイドの鈴の音のような声色に俺の勘が囁《ささや》く。

俺は顔をゲレオンへ向ける。

「彼女は？」

「この者はリリーと申しまして、小人族とエルフのハーフでございます。珍しいのでメイドとして使っています」

人族と亜人のハーフ、人族と獣人のハーフ、獣人と亜人のハーフは聞いたことがある。

でも、小人族とエルフのハーフは珍しいな。小人族は会ったことがない。

俺は静かに佇んでいる彼女へ質問する。

「君は読み書きはできるかい？　計算は？」

「はい。ゲレオン様に教えていただいたので、読み書きも計算も一通りはこなせます」

奴隷商人が使用人として教育するほどだ。

彼女は従順で素直な性格なのだろう。

少しだけ考えた俺は、ゲレオンに尋ねる。

「彼女はいくらだ？」

「ふむ。もし、リリーを売るとすれば高額になりますな。白金貨二枚ぐらいでしょうか」

白金貨一枚は日本円にすると約百万円に相当する。

リリーの値段は二百万円ほどとなる。

通常の奴隷は金貨十枚——約十万円が相場らしいから、彼女の値段は約二十倍。

どうしても売らないという意味なのだろう。

俺は懐の中から革袋を取り出して机の上に載《の》せる。

「この革袋の中には、金貨三十枚が入っている。全く足りていないが、その分は情報を売りたい。

王宮絡みの商売のネタだ。情報料だけでも白金貨五枚の価値を約束しよう」

「ほう、その情報が嘘ではないという証拠は？」

「貴族である俺が身分を明かし、王宮と約束している案件の情報だ。嘘であれば王宮へ訴え出ればいい」

王宮に関連する虚偽《きょぎ》が発覚すれば、虚言を述べた者は厳重に処罰される。つまり死罪だ。

それは貴族であっても同じ。

俺の覚悟を知ったゲレオンは、ソファに深く座り直して大きく息を吐く。

「そこまで言われるのでしたら、取引をいたしましょう。お話をお伺《うかが》いします」

俺はゲレオンに、自領で新しい紙の試作が行われおり、近いうちに大量生産に着手すること、そして王家が後ろ盾になることで貴族に広まり、将来的には紙が王国内に普及するだろうと説明した。

耳をすまして話を聞いていたゲレオンは、眼光を鋭くして何度も頷く。

そして大いに満足した様子で微笑んだ。

「なるほど、情報の内容は理解しました。羊皮紙の価値も変わるでしょうし、その紙の情報を先に得られているとなると、立ち回りも変わってきますな。確かに、リリーを譲るに値する情報です」

「ではリリーは貰い受けるぞ」

「分かりました。では奴隷契約の主の変更を行いましょう」

「いや……奴隷の首輪は必要ない。奴隷の身分から解放してくれ」

「かしこまりました」

俺の言葉に疑問を挟むことなく、ゲレオンはリリーの契約を解除してくれた。

王宮も認める製紙の方法を発案した者を、そのまま奴隷の身分としていては俺の心象が悪くなる。

だから替え玉であるリリーも奴隷の身分から解放することにしたのだ。

一年後に国王陛下に会う時は、陛下に会わせるのに奴隷のままにはしておけなかったとか言っておけばいい。

それに彼女の性格なら、恩を仇《あだ》で返すことはないだろう。

首、手首、胸元から奴隷紋が消えたリリーは深々と俺に頭を下げる。

「これからよろしくお願いいたします。何なりとお申し付けください。ご主人様」

◇　◆　◇

俺、クレト、リリーの三人は奴隷商の館を出た。

繁華街を抜けて大通りに戻ろうとしたところで、俺は細い路地の先で、黒い影が動いたのに気付いた。

気になった俺は、クレトとリリーを通りに残して路地へと入る。

路地を進んでいくと、通路に置かれているガラクタに身を隠すように、黒装束の少女が倒れていた。

なんか……忍者みたいな服だな。

「大丈夫か？」

「うぅ……」

少女は苦しそうに呻くばかりで、話もできない様子だ。

俺は静かに近づき、グッタリしている少女の体を抱き上げる。

少女の手がダラリと下がり、彼女の腹は血で真っ赤に染まっていた。

「これは刺し傷だな……誰にやられた？」

「う……」

「じっとしてろ」

身を起こそうとした彼女を制した俺は、素早く腰のポーチからポーションを取り出す。

この世界では、薬師《くすし》と呼ばれる職業の者がいて、彼らが魔法を使って作った薬を、ポーションと呼んでいる。

少女の患部へとポーションを注ぎ、残りを少女の口へ強引に飲ませる。このポーションというのは不思議なもので、かけても飲んでも効果を発揮するのだ。

すぐにポーションは効果を発揮し、出血は止まる。そして呻いていた少女はグッタリと意識を失った。

少女を背負って通りに戻ると、クレトが驚いて目を見開く。

「急にいなくなったと思ったら……その子、どうしたんだよ?」

「怪我をして路上で倒れていたんだ。今はポーションを飲ませたから落ち着いてるけど、念のため宿まで連れていくぞ」

俺の言葉にクレトとリリーは大きく頷く。

俺達三人はすぐさま宿に戻り、少女をベッドで寝かせた。

少女の怪我をリリーに診てもらったが、傷口はポーションの効果で塞《ふさ》がっているという。

これなら明日には目を覚ますだろうということで、俺達は一晩待つことにした。


翌日、俺とクレトが少女のためにとった部屋へ様子を見に行くと、彼女は意識を取り戻していた。

少女はベッドの上に正座をして、深々と俺に頭を下げる。

「命を助けていただき感謝するでござる」

まさかござる語尾とは思わなかった。

服も忍装束だし、日本っぽい国から来たのだろうか。

クレトのほうを見れば、目をパチパチして、「ござる……?」と呟いている。

基本的に、この世界ではおおよそどの国でも、同じ言語が使われている。帝国人であるエルナと普通に話せていたのも、そのおかげだ。

しかし稀《まれ》に、辺境や他国との交流を持たない国は、方言というか、特殊な訛《なま》りを持つこともあるんだとか。これまで耳にしたことはなかったけど……どうやらこの少女も、その口らしい。

ちょっと俺も調子を合わせてみよう。

「感謝には及ばん。路上で倒れている者を見捨てては武士の名折れ。我の先祖は元々は甲賀《こうが》の出身でな。黒装束を見て同郷の者かと思ったのだ。そなたは甲賀の里は知っておるか？」

突然の俺の口ぶりに、クレトは再び目をパチパチさせている。

一方で少女の方は、目を見開いた。

「な、まさかコウガの名前をここで聞くとは！　神話に出てくる忍の里ではござらんか！　私はジンドウ村のスイと申す。故郷から遠く離れたこの国で、忍として活動していたでござるが、未熟ゆえに任務に失敗し、怪我を負ったところを助けられたでござる」

おいおい、本当にコウガってあるのかよ！

しかも忍としてってことは、諜報《ちょうほう》活動だよな？　忍者といえば諜報だけど、黒装束ってこの国じゃ目立つんじゃ……

そんなことを考えていると、スイはベッドに手をついて、俺をまっすぐに見つめてくる。

「私は依頼に失敗したでござる。よって依頼主のもとへ帰っても命のない身。であれば、コウガに所縁《ゆかり》のあるあなた様に仕えたいでござる」

「俺に仕えるって？」

「はい、お館様《やかたさま》」

お館様……いい響きだな。

諜報活動ができる部下がいたら、何かと便利だよね。

俺は胸を張り、大きく頷く。

「では俺の配下に加えよう。俺の名はアクス・フレンハイム子爵。しっかり働くがよい」

「はは、ありがたき幸せ」

スイは涙を流して喜び、深々と頭を下げる。

その様子を見ていたクレトが、不思議そうな表情で俺を見る。

「なんか知らない言葉がポンポン出てきたけど、何言ってんの？」

「あれは彼女の母国の訛りだ。これからスイも俺の部下になった」

「はぁ？　いきなり？」

俺の言葉を聞いて、クレトは呆《あき》れたように口を開ける。

とはいえ当主である俺の決定なので、何も言うつもりはないようだ。

リリーも部屋に呼び、スイに改めて自己紹介させてから、俺とクレト、リリーは部屋を出た。

実は昨日の夜、スイを部屋に運び込んだあと、リリーに学力テストを行っていた。

奴隷商の話では、読み書き計算ができるということだったので、実力を試したかったのだ。

結果としては……読み書きはほぼ完璧《かんぺき》。四則演算も足し算引き算に、簡単な掛け算はできるようだ。ただ、割り算と難しい計算はちょっと怪しかった。

俺の補佐をするには、まだ学力が足りない。

そこで俺はふと、気が付いた。

この世界で参考書や教科書を見たことがない。

俺が幼少の頃は、子爵家でも家庭教師を雇っていた。

しかし教科書などはなく、全て口伝えと筆記による教え方だった。

王都であれば、教科書のような為になる本があるかもしれない。

というわけで、リリーの勉強に使えそうなものがないか探すことにしたのだ。

同行しているのは、クレトとリリーだけ。コハルはポーションを渡しておいたスイと共に留守番だ。

リリーがそれなりに王都に詳しいということで、案内してもらいながら三人で街の大通りを歩いていると……路地から飛び出してきた男の子とぶつかった。

男の子は俺と衝突した勢いで、派手に転ぶ。

「大丈夫か？」

「いてて……あっ、旦那《だんな》様から頼まれた陶器《とうき》の壺《つぼ》が壊れてる!?　これじゃおいらはクビだよー」

荷袋の口を開いて中身を確認した男子は、陶器の破片を持って力なく座り込む。

陶器の壺を割ったぐらいで仕事をクビなんて……いや、この異世界では当たり前かもしれない。

あまりに悲しそうにしている男の子を気の毒に感じた俺は、手を差し伸べる。

「お前の名は何という？　俺も一緒にお前の主人に謝ってやろう」

「カイと言います……おいらが奉公している店は、ベレント商会の本店です」

ベレント商会といえば、王国の中でも大手の商会で、我が領にも支店があったな。

たしか、武具などの装備から食料品関係まで幅広く手がけているはずだ。

そこで、俺の頭の中にある考えが過った。

俺は男の子を助け起こして、一緒にベレント商会の本店へ向かうことにした。

大通りにある商会の本店は、五階建ての立派な建物だった。

一階から三階までは、商品が陳列されていた。

男の子の案内で、俺達は五階にあるベレント商会の会長室へ向かう。

男の子は緊張した面持ちで扉をノックし、部屋の中へ入る。

俺達も続いて中に入ると、いきなり男の子が大声を上げて謝罪を始めた。

「会長の指示の通り、陶器の壺を買い付けてきましたが、途中で転んでしまい、壺を壊してしまいました。申し訳ありません」

部屋の中にいたのは、老齢の紳士。

男の子の言葉を聞いた彼は、呆れたような表情を浮かべる。

そして後ろにいる俺達に気付いた。

「この方達はどなただね？　私への客か？」

俺は一歩前に出て礼をする。

「俺は王国の南部に領地を持つフレンハイム子爵だ。彼は帰り道で俺とぶつかって転んでしまったんだ。一言謝罪を述べようと思ってね。不運な事故だが、損害を与えて申し訳ない」

俺が貴族だと伝えても、老齢の紳士は驚きもしない。

そして俺を見て、にっこりと微笑む。

「フレンハイム子爵といえば、ご当主のバルトハイド様が先日の戦でお亡くなりになったと……ならばあなたは、ご子息のアクス様ですな。バルトハイド様には、領地に支店を設けさせていただき、懇意にしていただいておりました」

老齢の紳士は俺に近寄ると、ソファへ手をかざす。

「私はこの商会の会長を務めるタイマンと申します。壺は残念ですが、良き縁を運んできてくれたようですな。その件は不問といたしましょう。どうかお座りください……これ、カイ。メイドにお茶を持ってこさせなさい」

タイマンの招きにより、俺、クレト、リリーの三人はソファに腰をかける。

カイが慌てて部屋を出ていくのを見て、タイマンも対面のソファへ優雅に座った。

「さて、貴族様が子供とぶつかった謝罪だけで来られたとは思えませんな。どのようなご用向きか、お聞かせください」

ホントに陶器を割った謝罪だけなんだけど……

いや、俺の頭を過った考えを、見抜いたのかもしれない。あるいは俺の雰囲気から金の匂《にお》いを嗅《か》ぎつけたのかもね。

さすが歴戦の商人だ。

俺は体の力を抜いて、軽い話でもするように口を開く。

「この王都に来る途中、馬車から穀倉地帯の風景を眺めていたんだが……今年は穂が短い気がしてね。もしかすると、小麦の収穫量にも影響が出るかもしれない……たしかベレント商会では小麦を扱っていたと思うが」

「もちろん扱っております。アクス様は小麦を購入したいと？」

「そうだ。今のうちに小麦を買っておいて、高値になったところで売っていきたいと思ってね。しかし俺の感覚では頼りない。だから商人の情報を知りたいんだ」

市場の情報は、商人の生命線。

王国内外へ常にアンテナを張り、情報を集めているはずだし、大手であるベレント商会であれば、小麦に関しての何かの情報を得ているだろう。

俺の話を聞いて、タイマンは静かに目をつむる。

「小麦市場で、今年は不作のような噂もチラホラありますが……まだ本格的な動きはどの商会も起こしておりませんな。当方も動く気はまだありません。なにせ、この程度であれば不作になるとは言い切れませんので」

「そうか……今の価格で構わないから、小麦を集めて置いておけないか？　金は後で払おう。証文も作る」

それを聞いてタイマンの表情が厳しくなる。

「アクス様とは今回初めてお会いしたのですぞ。証文があるとはいえ、無担保で私が金を出すとお思いですか？　見くびられたものですな」

証文を出すとなると、互いの信用の上に成り立つ取引になる。

もし小麦が高騰《こうとう》せず、儲けを出せなかった場合、ベレント商会は不要な在庫を大量に抱えることになってしまうのだ。

タイマンが厳しい態度を取るのも理解できる。

ただ、確かに小麦がどうなるか分からないが、最悪の場合、紙の生産で出た儲けで、元手となった金を補償することはできる。

もちろんそのことはタイマンに教えられないので、上手く隠しながら交渉を成功させる必要がある。

俺はここが勝負所と、前屈みになって話を続ける。

「信用できないのも当然だ。もし小麦が高騰しなかった場合は、投資した金は一割増で返す。そしてフレンハイム子爵の全ての街に支店を置くことを許し、その支店の税についても無料としよう」

「……その契約書は取り交わしていただけるんでしょうな」

「もちろんだ。口約束だけで通るとは考えていない」

俺の言葉を聞いて、タイマンは両手を胸の前で組んで考え込む。

そして、しばらく思案した後に、何度か頷いて両腕を解いた。

「よろしい。バルトハイド様とは友好な関係でありました。ここはアクス様を信じてご協力いたしましょう」

その言葉を聞いて、俺はホッと安堵《あんど》した。

これでいくらかでも儲けられればいいな！

第４章　軌道に乗り出す領地経営

タイマンとの会談から一週間後。

スイの回復を確認した俺達は、新しい仲間と共に王都を発った。

また一ヶ月もかかってしまったが、こればかりは仕方ないことだ。

戻ってきた俺は、リリーとスイのことを邸の皆に紹介し、さっそく仕事に移ってもらうことにした。

リリーは俺の側近として、スイは俺の護衛だ。

俺が王都へ行っていた二ヶ月と少し、しっかり領地の経営は回っていたが、それでも俺が決裁しないといけないことも沢山あり、それらの仕事が溜まっていた。

というわけで、今日も仕事をしていたのだが——

俺は執務室の机に座り、天井へ向けて声を放った。

「スイ、いるんだろ？　出てこい」

「は！　仰せのままに」

天井の板が一枚外れ、そこからスイが音も立てずにスタッとおりてきた。

片膝をついて礼をする彼女を見て俺は大きく息を吐く。

「天井裏で何をしている？」

「アクス様の護衛と指示待ちでござる」

「護衛はありがたいが、身を隠して二十四時間ずっとってのはやめてくれ。監視《かんし》されているようで息が詰まる」

「イヤでござる。私はアクス様に命を救われた身。身命を賭《と》してアクス様にお仕えするのが忍でござる」

仕事熱心なのは頼もしいんだけど……

寝ている時も、食事している時も、トイレの時もずっと物陰から見られていると思うと、さすがに落ち着かないんだよ。

スイはスッと立ち上がると、スタスタと俺の真横に立ち、座っている俺の耳へ整った顔を寄せる。

「隠密での警護がダメであれば、夜伽《よとぎ》の任務でも私は構わないでござる……」

「なんでそうなるんだよ！　俺をからかうな」

俺は手でわし掴みにして、スイの顔を遠ざけた。

女の子がそんなことを言ってはいけません。

フーと息を吐き、俺は彼女に問いかける。

「そういえば、スイは魔法を使えるのか？　何ができるのか、ちゃんと聞いてなかった気がするから教えてもらっていいか」

「いいでござるよ。私が使えるのは転移魔法でござる」

「えっ!?　俺と同じじゃないか！」

スイの言葉を聞いて、俺は目を見開いた。

そう……実は俺が前世の記憶を取り戻した時に手に入れた魔法というのは、転移魔法だったのだ。

レアすぎて指南役も見つからず、俺が使いこなせていない能力。

まさかこんなところで使い手が見つかるとは。

スイは不思議そうな表情で首を傾げる。

「アクス様が転移魔法を使われている場面は、見たことがないでござるが」

「ああ……それはな、使いこなせてないんだよ」

俺は肩を竦めて手をヒラヒラと振る。

「発動自体はできるんだけどな。目的の場所へは転移できないし、どこへ転移するのかも分からない。それに転移魔法を一回使うと、疲れて三日は寝込むんだ」

そう、これらが俺が転移魔法を使わなくなった理由だった。

ラノベなどに出てくる転移魔法は、自分の知っている場所なら、どこへでも転移できる。まさにチートな魔法と言っていい。

しかし、俺の転移魔法は、目的とは違う地点へ転移してしまうんだ。

距離感だけは合っているようだが、危険すぎて使えない。

それに転移魔法を使うと、一気に体の力を失い倒れることになる。

俺の説明を聞いたスイは、眉間に皺を寄せて難しい表情をする。

「魔法を使うと倒れてしまうのは、たぶん魔力暴走でござるな。目的地へ辿《たど》り着けないのは、魔力に意思が伝わっていないのでござる」

魔力暴走と意思が伝わってない？

昔に基礎《きそ》の魔法書を読んだけど、そんなことは書いていなかったぞ。

「どうすればその魔力暴走ってのを防げるんだ？」

「まずは魔力の流れを掴むことでござる。魔力は丹田《たんでん》のあたりに源があると言われていて、そこから体中へ流すのでござるよ」

スイは自分のヘソの少し下を指差して、大きく頷く。

言葉だけで言われても分からない。

「うーん、ちょっとよく分からないな」

「では、僭越《せんえつ》ながら、私が幼き頃にしていた訓練をお教えするでござる」

そう言ってスイは立ち上がると、両腕をグルグルと回し始めた。

そして俺に向かって、ニッコリと笑う。

「アクス様もやってみるでござる。丹田のあたりを意識するでござるよ」

「俺もか？」

俺は椅子から立ち上がり、体の力を抜いて、両腕をグルグルと回す。

すると、ヘソのあたりで何かが回転を始めるような感覚があった。

俺は腕を回しながら、スイへ話しかける。

「お腹の中で何か球のようなものが回っている感じがするけど」

「それが魔力でござる。両腕の回転をもっと速くして、その魔力が腕に伝わるイメージをするでござるよ」

俺は引き続き、腕をグルグルと回す。

そして腹の中で感じる球から徐々に何かが腕へ伸びていくのを感じてきた。

そのことをスイに伝えると、彼女は嬉しそうに微笑む。

「魔力が腹から腕に、腕から手の平へ伝《つた》った証拠でござる。これで手から魔法を発動すれば、魔力暴走はしないでござるよ」

「でも、それでどうやって目的地へ転移するんだ？」

「それは向きと距離のイメージができていないからでござる。こうするでござるよ」

スイは人差し指をベッドのほうにピンと伸ばす。

そしてカエルのように真上にジャンプした。

その瞬間、スイの姿は消え、ベッドの上に現れた。

「指先で方向を決めて、距離をイメージするでござる。整ったら、転移するつもりでジャンプするでござる」

「どうしてもしないとダメか？」

「ダメでござる」

腕を回すところから考えたら、傍から見てかなり変な動きをしてないか？

俺は恥ずかしさを堪《こら》え、スイと同じ動きをして指先を窓へ向ける。

そして心の中でエイと吠えて、真上にジャンプした。

すると視界が一瞬だけ真っ白になり、次の瞬間には窓際に立っていた。

その姿を見て、スイは涙を流して喜んでいる。

「アクス様、お見事でござる」

俺はもう一度やってみようとしたのだが――眩暈《めまい》がして倒れそうになった。

ヨロヨロしていると、スイが駆け寄って体を支えてくれる。

「無理はダメでござる。転移魔法で一気に魔力を消費したでござる」

それからスイが俺を部屋に運びながら話してくれたところによると、彼女の推測では、俺の魔力は極端に少ないらしい。

移動可能距離は魔力量によって変わるという話だから、この調子では長距離転移は難しいだろうとのことだった。

一回転移しただけこのザマなら、簡単に転移を連発するのは無理そうだ。一応、魔力は使えば増えていくらしいけど……

あと、人前で転移する姿を見せたくないってのもある。

俺は結局、緊急時以外は転移魔法を使わないようにすると決めたのだった。

◇　◆　◇

スイとの特訓の翌日。

俺は報告書とにらめっこをしていた。

するとソファに座って計算問題を解いていたリリーが手を挙げる。

「あの……この問題が難しいんですけど」

「ん……見せて」

俺は椅子から立ち上がり、ソファに座り直す。

そしてリリーから問題が書かれている紙を受け取った。

リリーは難しい読み書きまで楽にこなすし、読解力もある。

しかし三桁《けた》以上の計算、特に割り算が苦手らしい。

確かに割り算の暗算って難しいよな。

この異世界にはパソコンも計算機も存在しない。

何か計算を補助する道具はないか？

そこで俺は前世の記憶からソロバンのことを思い出した。

俺はリリーの肩に手を置き、ソファから立ち上がる。

「いいことを思いついた。一緒にパピルス村へ行こう」

俺はリリーを馬の前に乗せ、パピルス村へ向かった。

村に着いた俺達は、製紙工場にいるドルーキンに会いに行く。

工場に扉を開けると、ドルーキンは休憩を取っていた。

「ドルーキン、ちょっと作ってもらいたいものがあるんだ」

「急ぎの用か？　道具なら何でも作るぞい」

俺は身振り手振りでソロバンを説明する。

するとドルーキンは何度も頷いて、大声で笑う。

「何かと思えば、子供の遊び道具か。よかろう、作ってやるぞい」

ドルーキンは俺の隣に立っていたリリーを子供と勘違いしたらしい。そういえば、リリーはまだパピルス村に連れてきてなかったから、ドルーキン達と面識がないんだった。

するとリリーは頬《ほお》を膨《ふく》らませる。

「私は小人族とエルフのハーフです。もう十八歳になりました。ドワーフにバカにされる理由はありません」

え？　リリーって十八歳だったの！

俺より三つも年上じゃん。

プリプリと怒っているリリーを、ドルーキンは目を丸くして見ている。

「これだからドワーフは失礼なんです」

うーむ、リリーはドワーフのことを嫌いみたいだな。

エルフとドワーフが犬猿の仲みたいな話を聞いたことがあるし、エルフの血が流れているリリーもそうなのかな……いや、でも領都に初めて来た時のエルフとドワーフも、ここまでは仲悪くなかったぞ。何かあるのかもしれないな。

ともあれ、プリプリと頬を膨らませるリリーを気にすることなく、ドルーキンは材木を集めてソロバンを作り始め、一時間ほどで完成させた。

俺は完成品のソロバンをドルーキンから受け取り、リリーへ使い方を丁寧に教える。

「一から四までは下の珠《たま》を動かして集めるんだ。そして五になれば、上の珠を動かす。そして十のように桁が変われば、隣の珠を動かしていくんだ」

リリーは頭の回転が早い。

何度か説明を繰り返すと、すぐにソロバンを使いこなせるようになった。

リリーは俺を見て瞳《ひとみ》をキラキラと輝かせる。

「凄いです！　このソロバンがあれば、何桁でもスイスイと計算できます」

これほど喜ばれるとは思わなかったな。

俺とリリーがパピルス村から邸へ戻ると、執務室でオルバートが封書を持って待っていた。

オルバートに封書を渡され、差出人を確認すると、エルナからのものだった。

そういえば、休戦については仮の約束のままだったな。

ペーパーナイフで封を切って手紙を取り出して読むと、やはりその休戦の件だった。

どうやら帝国は、休戦を受け入れるとのことで、細かいことはウラレント侯爵との会談で決めたいと。

そして休戦協定を結ぶため、ウラレント侯爵が国境まで来るそうだ。

会談の日取りも書いてあるけど……五日後じゃないか⁉

俺は手紙をバンと机の上に叩きつける。

「もう悠長なことをしている時間がない！」

急ぎオルバートに指示を出し、協定を結ぶ準備を進めるのだった。

◇　◆　◇

大急ぎで協定の準備を整え、俺はクレト、ジェシカ、スイの三名と、兵士五名を伴って国境へ向かった。

なぜ軍を率いて国境に連れていかないのか。

それは大人数を動かせば、それだけ経費がかさむからだ。

本当は護衛としてもっと兵を動かすべきなのだろうが……ここはエルナを信頼することにした。

国境に到着すると、ウラレント侯爵の軍は陣を敷いていた。

兵士の数は百人ぐらいだろうか。

敵軍の兵士達を見て、御者台にいるクレトが怯《おび》えた声を出す。

「めちゃ敵兵がいるよ。捕まったら、俺達、殺されちゃうのかな？」

「縁起でもないこと言うんじゃないよ。男なら度胸を決めな」

ジェシカが鼻をフンと鳴らして、クレトをたしなめる。

俺達は馬車から降りて、全員でウラレント侯爵の陣へ向かって歩いていく。

すると俺達に気付いた兵士達がワラワラと集まってきた。

その中の一人が槍《やり》を構えて大声を出す。

「お前達は何者だ？　ここはウラレント侯爵の陣営であるぞ」

「俺はアクス・フレンハイムだ。フレンハイム子爵が来たとウラレント侯爵とエルナ殿に伝えてくれ」

俺の言葉を聞いて、敵兵は武器を納める。

まさか俺がこんなほぼ丸腰の状態で来るとは思っていなかったんだろう。

そして一人の兵士が伝令のため走っていった。

しばらく待っていると、陣の天幕から体格のいい男性と、エルナが現れた。

あの筋骨隆々の男がウラレント侯爵だな。

亡き父上と同じぐらい体格がいいな。

父上は筋肉フェチというか、筋トレ命みたいな人間だったが、彼もそうなのだろうか？

俺の前まで歩いてきたウラレント侯爵は、突然、鞘から剣を抜き、大上段から振り下ろしてくる。

「不届き者に天誅《てんちゅう》ー！」

「いきなり殺す気か⁉　いったい何のことか分からんわ！」

俺は咄嗟《とっさ》に体を捻《ひね》って剣を躱《かわ》し、絶叫した。

俺の言葉を聞き流し、ウラレント侯爵はなりふり構わず剣を振る。

これは堪《たま》らないと、俺はその場から逃げ出した。

一応、ジェシカとスイが武器を抜いて構えているが……あの侯爵に勝てるのか？　ちなみにクレトはおろおろしているだけだ。

逃げる俺の背中へ、ウラレント侯爵が剣を投擲《とうてき》しようとする。

「逃げるな、卑怯者！」

「いい加減にしなさい！」

突然現れたエルナが、怒号と共に、ウラレント侯爵の頭に回し蹴《げ》りを放った。

それを受けた侯爵は、白目を剥《む》いて地面に倒れる。

いったい何が起こっているのか分からない。

動揺している俺へ、エルナがにっこりと微笑む。

「さあ、天幕までお越しくださいさい。休戦協定について話し合いましょう」

エルナの回し蹴りによって気絶しているウラレント侯爵を、兵士達が担架で天幕の中へと運ぶ。

なんだか兵士も慣れてる感じだし……これが通常運転なのか？

エルナの案内により、俺達も天幕へと向かった。

天幕の中は案外と広く、俺達は兵士が運んできた椅子にそれぞれ座る。

一同が落ち着くと、エルナが椅子から立ち上がり、深々と礼をした。

「父上がごめんなさい。ちょっと勘違いをしていて」

「何を勘違いしたら俺が襲われることになるんだ？　説明してくれ」

俺は胸の前で腕を組んで鼻息を荒くする。

するとエルナは頭を左右に振って、大きく息を吐いた。

「フレンハイム子爵の邸で怪我の治療を受けたでしょう？　それで父上は、私が穢されたと勘違いして……」

あーー……それってエルナも同じ勘違いしてたよな？　よく似た親子だわ。血は争えないということか。

「それは違うぞ！　エルナ、お前の様子が変だからだ！」

俺が呆れていると、ウラレント侯爵が幽鬼《ゆうき》のように起き上がった。

そしてユラユラと体を揺らしながら椅子に座る。

「あの戦のあと、邸へ戻ってきたエルナは、お前のことばかり話していた。治療していただいた日々が忘れられないと言ってな。お前はどんな治療をしたんだ？　あんなことか、こんなことか？」

「やめーい！　何もしとらんわー！」

俺は顔を真っ赤にして叫ぶ。

ウラレント侯爵は蛇のような眼差《まなざ》しで俺を見据える。

「本当だな。本当に何もしていないんだな？」

「エルナの体に触ってもいない。治療の時、服を着せ替えたのは邸のメイドだ。勘違いするな」

俺の必死な弁明で、ウラレント侯爵はようやく納得したようだ。

その後、俺とウラレント侯爵は書面にサインする。

そして同時に、預かっていた家宝だというネックレスを侯爵に返す。

これで三年間の休戦が約束された。

それだけの期間があれば、子爵領もだいぶ復興するだろう。

俺はホッと安堵の息を吐く。

油断していると、ウラレント侯爵が俺の肩をガシッと掴んできた。

「それでは娘のことを頼む。くれぐれも手出しはするなよ」

「え、何のことだ？」

娘を頼むって……まるでエルナがウチに来るみたいじゃないか。

「娘から聞いているぞ。お前が言い出したことなのだろう。帝国の者は信用できないから、人質を取ると。卑劣《ひれつ》な奴め、三年経ったら娘は返してもらうからな。それまで大事にするのだぞ。変なことをしたら、お前を破滅させてやるからな」

ウラレント侯爵の怒りの言葉を聞いて、俺は表情を引きつらせる。

……エルナが休戦協定の担保として、俺のところへ来るということか？

なぜ、そういう流れになってるんだ？

エルナを見ると、なぜか頷いている。

……理由が不明だけど、人質がいれば休戦協定が破られることはないか。

ここは一つ、話に乗っておこう。

「兵を国境から撤退させて、協定期間中に戦を仕掛けてこなければ、エルナは無事に返そう。俺は約束を守る男だからな」

「ああ、もちろんだ」

「アクス、よろしくね」

俺の言葉を聞いて、エルナはペコリと頭を下げる。

いったい彼女は何を考えているのだろうか？


協定への調印を終えた俺は、天幕から出た。

そしてウラレント侯爵が涙を流している姿を背に、領都への帰路についた。

その馬車の中で、俺はエルナに質問する。

「なぜウラレント侯爵に嘘をついたんだ？　俺は担保なんて要らなかったんだけど」

俺がそう言うと、エルナはにこりと笑う。

「それはね……あの戦のあと、邸に帰ったら父上がまとわりついてウザかったからよ。父上から解放されたかったの」

なるほど、ウラレント侯爵のあの溺愛ぶりを見ると、敗戦して帰ってきたエルナにベッタリなイメージだからな。

子煩悩《こぼんのう》の度が過ぎてるだろう。

娘に逃げられるなんて、哀れな侯爵。

俺は気を取り直してエルナを指差す。

「うちの領に来たなら、当主である俺の言うことを聞いてもらうからな」

「何でも言ってよ。全力で頑張るから」

そう言って、ぐっと握り拳を作るエルナ。

なんか、最初に会った時とキャラ違うよな。

うーん、なんだか調子が狂うけど、まぁいいだろう。

◇　◆　◇

エルナが俺達の仲間に加わった。

元は敵将だということで、ちょっぴりギスギスしている者もいるが、こればかりは仕方ない。

人質としてずっと閉じ込めていてもいいんだが、それは可哀想なので、こっそり監視をつけつつ、自由に動けるようにしておいた。

今日はあの会談が終わって五日目。つまりエルナがこの邸に来て、二日目だ。

エルナは元々、亜人や獣人を嫌っていた。

それが以前この邸で捕虜として扱われていた時に、少しは考えが変わっていたように見えた。

とはいえ今回は一時的な滞在ではなく、三年もの長期滞在となる。

そのため、エルナの亜人獣人嫌いがどうなるかと思っていたのだが……

相性がよかったのもあるだろうが、亜人であるリリーとすっかり仲良くなっていた。

どうやら以前までの偏見はすっかりなくなっているようだ。

それもあって、既に邸になじみつつある。

そして今日、俺は休日にすると決めていたので、邸で久しぶりにノンビリしていた。

俺が庭園の芝生の上で居眠りをしていると、コハルが顔を舐めてくる。

俺は上半身を起こして、膝の上に乗ってくるコハルを撫でる。

そういえば、領都へ戻ってきてからコハルと遊ぶ時間が全然なかったな。

俺は思い立つと、馬に乗ってコハルと遊びに出かけることにした。


領都を離れ、一時間ほど街道を進んだところには森がある。

幼少の頃、クレトと二人で魔獣狩りをしていた場所だ。

出てくる魔獣は一角兎《いっかくうさぎ》——角が生えた兎の魔獣や、ゴブリン、コボルトなどの弱い魔獣である。

森の手前で馬を降り、俺は矢筒と革製のリュックを背負い、片手に弓を持つ。

そして腰に剣を差して狩りの準備を整える。

久しぶりの森の匂いに、コハルは嬉しそうに前を駆けていった。

どこから見ても、マメシバなんだけどな。

あれで本当に魔獣なのか？

可愛らしいコハルの後ろ姿を見て、俺は思わず笑みを浮かべる。

獣道《けものみち》を歩いていくと、前方の茂みがガサガサと動き、一角兎が飛び出してきた。

俺は矢筒から矢を取り出して弓につがえる。

そして一角兎の胴の中心を狙って指を離した。

勢いよく放たれた矢は、一直線に一角兎の胸に突き刺さる。

一角兎はドサっと倒れて動かなくなった。

コハルは嬉しそうに倒れている一角兎へ走っていくと、クンクンと匂いを嗅ぐ。

そして危険がないと判断したのか、一角兎の首を噛んで運んできた。

俺は戻ってきたコハルの頭を撫でてやる。

コハルは嬉しそうに尻尾を振ってるけど、実はこの異世界では、魔獣の肉を食べる習慣はないんだよな……。

食べた者は漏《も》れなく死んでいて、毒があるという話だ。

まぁ、コハルは元々魔獣を食べてただろうし、あとでエサにしてやろう。

俺はリュックを下ろし、一角兎を簡単に血抜きする。

魔獣の体内には魔石と呼ばれる、力の源のようなものがあって、それを取り出したいのだが……まあ後でいいか。

一角兎を鞄に入れた俺は、森の奥へと進んだ。

「ギャァア、ギャァアー」

しばらく進んだどころで、突然、樹々の上から鳴き声が聞こえ、頭上から三体のゴブリンが飛び降りてきた。

そしてそのまま、俺とコハルめがけて斧を振り下ろす。

俺はそれを体を捻って避け、そのままゴブリンから距離を取る。

「コハル、戦えるか!?」

「キャウ！」

俺の問いかけに、コハルは任せろと言わんばかりに鳴く。

「よし、三体を同時に相手にするなよ……行くぞ！」

俺の合図と同時に、コハルはゴブリンの一体へ駆けていく。

コハルに近寄られたゴブリンは、手に持つ斧を振り下ろした。

しかし、コハルは素早く移動して、攻撃は当たらない。

残りの二体のうち、一体はどちらに向かうか迷っている様子だったが、最後の一体がこちらに向かってきた。

俺は振り下ろされた斧を避け、腰の剣を抜いて横へ薙《な》いで、両断。

そしてそのまま剣を投げ捨て、弓を構えた。

すかさず、こちらの様子に気付いたらしいもう一体のゴブリンへ矢を射る。

矢が頭部を貫通したゴブリンは、悲鳴を上げながら仰向けに倒れてそのまま絶命した。

コハルのほうへ向くと、ゴブリンの喉笛《のどぶえ》に噛みついているところだった。

というかコハル、なんかいつもより大きくなってないか？

さらにバキバキ、ゴリゴリとイヤな音が聞こえ、ゴブリンの首がねじ切れた。

えっと、喉に噛みつくだけかと思ってたけど……噛み切れるんだな？

魔獣だとは分かっていたけど、マメシバみたいな可愛らしさのイメージが強すぎて、ちょっと茫《ぼう》然《ぜん》としてしまう。

あの健気《けなげ》な可愛らしい姿はどこへいったの？

そう不安になった俺だが……いつの間にかコハルは元のサイズに戻り、可愛らしい目で俺を見上げていた。

……まぁ、可愛いからいいか。

それから俺達は、ゴブリンから魔石を採ったり、しばらく森を散策したりしてから、帰途へついたのだった。

◇　◆　◇

コハルと遊んだ翌日。

俺がリビングでノンビリしていると、扉が開いてオルバートが入ってきた。

そして手に持っていた書類を丸めて、俺の前に突き付ける。

「何をサボっているんですか！　嘆願書がこんなに来てるんですよ。さっさと解決してください」

俺が子爵となってから、民の要望を直に確認できるよう、嘆願書の受付を始めたのだが、めちゃくちゃ集まるようになったんだよな。

「そんなのオルバートと文官達で適当に処理しちゃってよ」

「確認できるものはしました。今持ってきたのは、どれもアクス様が確認する必要のある案件です。早々に片づけてください」

オルバートは額に青筋を浮かべて大声を出す。

俺は片手で片耳を塞ぎながら、仕方なく嘆願書を受け取った。

内容を読んでみると、どれも領都以外の少し大きめの街での、魔獣被害の案件だった。

俺は首を傾げて、オルバートに問う。

「なぜ、こんなに被害が出てるんだ？　フレンハイム子爵領の街は外壁で守られているはずだろう？」

「どれも国境に近い街からの嘆願書でしょう？　トルーデント帝国軍が侵攻してきた時、それらの街の外壁を壊していたのですが、その修繕がまだ終わっていないんです」

オルバートの言葉を聞いて、俺は頭を抱える。

そうか、二週間後云々《うんぬん》、という話をエルナと相談する前は、帝国軍は普通に侵攻してきてたんだよな。外壁なんて壊されてて当然だよな。

俺はソファから立ち上がり、足早に扉へ向かう。

すると後ろからオルバートの声が聞こえてくる。

「まだ解決策は出ていませんよ。まさか逃げるつもりですか？」

「ここで考えていてもいいアイデアが浮かばないだろ。ちょっと散歩しながら考えてくる」

俺は何でも解決できる賢者ではない。

たまたま転生して、前世の日本の知識を持っているだけだ。

だから考える時間は必要なのである。

ちょうど小腹が空いてきた頃だったので、俺は厨房《ちゅうぼう》へ向かった。

すると、リリーとエルナの二人が仲良く料理を作っているところだった。

俺の登場に驚いたエルナは目を見開く。

「厨房に来るなんて珍しいわね。サボっていたら、オルバートに怒られるわよ」

「既に怒られてきたから逃げてきたんだ。二人で何を作ってるんだ？」

「クッキーを焼いていたんです。アクス様も食べていかれますか？」

「いいね。ありがたく頂くよ」

俺は机の上にあるクッキーを一枚手に取り、口の中に放り込んだ。

うーん、サクサクして甘くて美味い。

しばらくの間、俺はリリーとエルナと一緒に、お菓子について雑談する。

俺は話をしながら、手で四角いクッキーを積み上げる。

するとエルナは眉を上げて俺を指差した。

「食べ物で遊んではダメよ。目が潰《つぶ》れちゃうんだから」

それはどこの迷信だ？　王国じゃ聞いたことないけど。

俺は積み上げていたクッキーから手を離す。

クッキーは揺れることなく、そのまま積まれている。

それを見た時、俺の脳裏にある考えが浮かぶ。

俺は確信を得るため、エルナに質問する。

「街とかの外壁の素材って、普通は石だよな？」

「そうね、岩場から適度な形に岩を切り出して、それを積んで作るんじゃないかしら。帝国も王国も変わらないはずよ」

やはりエルナの認識も俺と同じか。

リンバインズ王国の家々は、石を積み、漆喰《しっくい》で固めたものがほとんどだ。

特に大きな建物となると、山から岩を切り出したり、その岩を加工したりして材料にしている。

思い返してみれば、街を歩いていた時も、木造のもの以外はこの作り方の家ばかりだったな。

建築材といえばレンガなんかもあるけど、ほとんど見たことがない。

つまり……


俺はクッキーを数枚手に取り、パクパクと口の中に放り込む。

そして二人に向かって両手を合わせる。

「ありがとう。二人のおかげでアイデアが浮かんだよ」

「アクス様のお役に立ててよかったです。お仕事、頑張ってください」

エプロン姿のリリーが、ニッコリと微笑んだ。


執務室へ戻った俺は、オルバートとクレトを部屋に呼び出す。

二人がソファに座るのを待って、俺は口を開いた。

「城塞都市の外壁に使う材料といえば何だと思う？」

「岩場から切り出した石だろ。そんなの誰でも知ってるぞ」

クレトが素早く手を挙げる。

俺がニヤリと微笑むと、オルバートが怪訝そうな表情をする。

「今度はいったい何を思いついたんですか？　岩や石の他に外壁の建築材料になるものがあるんですか？」

「ある……それは焼き過ぎレンガだ」

「焼き過ぎ……レンガ？」

前世の記憶の中に、ホームセンターでの買い物のシーンがあった。

その中で、焼き過ぎレンガというものが出てきたのだ。

通常の赤レンガよりも高温で焼成したもので、耐久性も高いという特徴があるんだとか。高温の炉《ろ》でレンガを焼く手間が必要だけど、赤レンガよりも壊れにくい。

遠くから大きな岩を切り出して持ってくるのは時間と手間がかかるけど、レンガの材料となる泥なら、比較的探しやすい。土魔法士も、大きな岩を作れない者は多いが、泥を出すことができる者なら多いから、彼らに泥を出してもらうのもいいだろう。

前世では、レンガだけで作られた城塞もあるという話も聞いたことがある。

俺は両手を広げて、焼き過ぎレンガの有用性について二人に語った。

しかし、二人の反応は微妙だ。

クレトは両手でレンガの大きさを作る。

「こんなに小さいんだろう？　ほんとに外壁にできるのか？」

「大きな山も、小さな土の粒が積み上がったものだろ」

「考え方の転換ですね」

オルバートが深く頷くと、俺へ視線を向ける。

「焼き過ぎレンガはどうやって作るんですか？」

「泥をレンガにして、炉で高温で焼くんだ。焼き過ぎるぐらいにね」

「そんな炉があるんですか？　それに数も必要ですよ」

「パピルス村なら、鍛冶場があるじゃないか」

そう、パピルス村に移住したドワーフ達は、おのおのに炉を持っているのだ。

その炉を利用させてもらえばいい。

それでも足りなければ、鉱山の麓《ふもと》の村のほうに行けばいいしな。

俺はクレトとオルバートへ号令をかける。

「これからパピルス村へ行くぞ！」

◇　◆　◇

俺はエルナとリリーを連れて、パピルス村へと向かっていた。

オルバートとクレトの二人には、パピルス村への同行を断られたのだ。書類が俺のせいで溜まってるとかなんとか言われたけど……まあいいさ、同じ旅をするなら美少女達と一緒のほうがいいからね。

パピルス村へ到着すると、村長であるレーリアが迎えてくれた。

そう、この村の村長は、エルフのレーリアに任せることにしていた。

彼女が一番温厚で、他種族との軋轢《あつれき》も少なかったからだ。

彼女は俺を見るなり、にっこりと微笑む。

「よくお越しくださいました。荷馬車五台分の、最高品質の紙が完成しています」

俺が用件を切り出す前に、レーリアがそう言ってきた。

いつの間にか、大量の紙が出来上がっていたらしい。

これだけまとまった量があるなら、そろそろ王都に売りに行っていいだろう。スケジュールを立てないとな。

「ありがとう、近いうちに王都へ運ぶようにするよ」

「ええ。売れるのを楽しみにしています」

するとレーリアは、俺の隣に立っているリリーに向けて優しく微笑む。

「あなたが、この前も村に来たっていう子ね。エルフ族なのね」

そうそう、この前はレーリアがいなかったんだよな。それでもリリーの情報はしっかり耳に入っているらしい。

リリーは少し不安そうに答える。

「小人族とのハーフですけど……エルフの血は入っています」

「それなら同族ね。あなたを歓迎するわ」

「……認めてもらえるなんて光栄です。ありがとうございます」

リリーは花が咲いたように微笑んだ。

異なる種族間に生まれたハーフは、両種族から忌み嫌われると聞く。

ハーフであるリリーも、酷い仕打ちを受けていたのかもしれない。

まぁ、奴隷になってたくらいだしな……詳しい経緯《けいい》を聞いたことはないけど。

そんなこともあってか、レーリアに認めてもらえたことが、リリーはとても嬉しいようだ。

俺はレーリアに声をかける。

「リリーとエルナに、このパピルス村を案内してもらえないか」

二人とも、まだちゃんと見学できてないしな。

「はい。喜んで」

レーリアに促され、リリーとエルナの二人は、彼女と一緒にゆっくりと去っていった。

その後ろ姿を見送ったあと、俺は製紙工場へ向かう。

工場に到着すると、ドルーキンが大きなローラーで紙を圧縮しているところだった。

俺の顔を見たドルーキンは、額の汗を腕で拭《ぬぐ》ってニッコリと微笑む。

「アクスではないか。紙は出来上がっておる。いつでも荷として運べるぞい」

「ああ、レーリアから聞いたよ、ありがとう。だけど今日は別の案件できたんだ。高温の炉は、この村にいくつある？」

「わしらドワーフは個人で鍛冶場と炉を持つ。パピルス村にも、ドワーフの人数分だけ炉はあるぞい」

それなら一日で大量の焼き過ぎレンガを作ることができそうだ。

俺はドルーキンへ、フレンハイム領の街々の外壁が壊れていること、そして焼き過ぎレンガで補強しようとしていることを説明した。

黙って聞いていたドルーキンはニカっと笑う。

「よかろう。工場の皆も紙作りに慣れてきた頃だ。わしがいなくても工場は回るわい。時間の空いたドワーフを集めて焼き過ぎレンガを作ってやるぞい……まずは泥の選定からじゃのう」

ドルーキンは村中のドワーフ達を呼び集めた。

「恩人であるアクスが困っておる。今こそドワーフ族の力の見せ所だぞい！」

そのかけ声に、ドワーフ達は拳を突き上げる。

これならすぐにでも、レンガの量産に入ってもらえそうだ。

心の中で俺はガッツポーズするのだった。

◇　◆　◇

パピルス村でドルーキンにレンガ生産を依頼してから、十日が経った。

最初の数日で試作を重ね、もう既に十分な強度のレンガを作り上げたようだ。

大量に生産された焼き過ぎレンガは、兵達の手によって領内の街々へと運ぶ手筈となっている。

俺は各街へ伝令を飛ばし、住民の中から外壁修理の職人を募集させた。

一ヶ月もあれば、どの街でも外壁の補修に着手できるだろう。

執務室の机に座って、俺は紅茶を飲んで一息つく。

するとオルバートが神妙な表情で部屋に入ってきた。

その姿を見て、俺はうんざりした気分になる。

明らかに、何かあったことが分かるからだ。

「次は何だ？　もう問題事はうんざりなんだけど？」

「はい……申し上げにくいのですが……新しい事業に回すだけの予算がなくなりそうです。いえ、このままでは、年を越せるかも怪しいかと……」

え？　そんなにやばいのか？

俺が黙ったままオルバートを見つめていると、彼は苦々しい表情で口を開いた。

「今年の春から夏、気温が低かったため、小麦が例年よりも不作で、王国全土で高騰しています。幸い、来年までの領内の食糧はまかなえるのですが、輸出するほどの量がありません。また、ご存知の通り侵攻からの復興に関して、かなりお金を使ってしまっています。ただちに借金とはいきませんが、先々のことを考えるとかなり苦しいです」

辺境の我が領は、土地が余っていることもあって、それなりに小麦を輸出して、収入としていた。

小麦が不作だとは分かっていたが、思っていた以上にダメージが大きいようだ。

そういえば……小麦……ベレント商会のことを忘れていた！

今年は予想以上の不作で、どこも輸出するほどは小麦を作れていないはず。

つまり、タイマンに買っておいてもらった小麦を売れば、一気に儲かるだろう。

俺はポンと両手を叩いて、椅子から立ち上がる。

「ちょっと王都まで行ってくる。ベレント商会に確保してもらっている小麦を売って、資金に換えてこよう」

「それでは完成した紙の納品もまとめて済ませてしまいましょう」

「ああ、そうだな。紙の納品については兵達に任せるつもりだったけど、王宮への挨拶もある。初回は俺も同行したほうがいいし、まとめて持っていくか」

こうして再び、俺は王都へ向かうことにしたのだった。

第5章　再びの王都で仲間集め

オルバートと資金の相談をしてから三日後、俺は領都を出発した。

旅の同行者はスイ、リリー、コハル、護衛兵として、軍の副長であるハミルトンが率いる二十名だ。

エルナも王都へ行きたいと言っていたが、一応は敵国の貴族だから、今回は控えてもらった。

ボルドとジェシカは領都の警備や軍の訓練指導があるため、同行できない。

オルバートは俺が領を留守にする間の領主代行だ。

クレトは……日々の仕事で忙しいから巻き込むなと言われた。

というわけで、最低限のメンバーだ。

俺達の馬車は荷馬車を伴い、王都リンバイを目指す。

しかし、紙を積んだ荷馬車の速度は遅く、思うように進まない。

思っていたよりも王都に到着するのが遅れそうだな。

ただ遅れるだけならいいのだが、足が遅いと魔獣や野盗に襲われる可能性も高くなる。

馬車の窓から外を見ながら、俺は少し不安になっていた。

その意図を察したのか、リリーが可愛い口を開く。

「ハミルトン様が荷馬車を警護していますから、アクス様はご安心ください」

ハミルトンは元冒険者だと聞いているが、ジェシカと違って教養のある、優秀な男だ。

彼の能力については心配していないけど、とはいえ襲われないに越したことはないからなぁ。

リリーの言葉を聞いたスイが反応する。

「アクス様は荷馬車を心配しているでござるか？　荷馬車のことは私に任せてほしいでござる。野盗など私が蹴散《けち》らすでござるよ」

「ああ、その時は頼んだぞ」

「ワン、ワン、ワンワン」

「コハルも手伝ってくれるのか。お前にも期待しているぞ」

コハルの可愛さに、一気に場が和《なご》む。

俺は目を細め、膝の上に座っているコハルを撫でた。


それから数日、馬車は順調に進み、カストレル連峰の麓までやってきた。

今日は近くの村の安宿で一泊することになっている。

コンコンと扉を叩く音がして、ハミルトンが宿屋の部屋の中へと入ってきた。

「至急でお伝えしたいことがあります。先ほど、村の酒場で夕食をとっていたところ嫌な噂を耳にしました。最近、カストレル連峰の王都側に野盗が出没しているようです。どういたしましょうか？」

俺は周囲を見回して大声を上げる。

「スイ、いるか？」

「は、ここに」

天井の板が外れ、スイがスッと音も立てずに降りてきた。

「今の話を聞いていたな。近隣に野盗がいないか探ってくれ」

「は！」

片膝をついたまま礼をすると、スイは一瞬の内に消え去った。

やっぱり、野盗の襲撃がありそうだな。

そうそう簡単に連峰を抜けられるとは思っていなかったけどさ。

俺とハミルトンは、対応策を話し合う。

そもそも、この異世界では、野盗や盗賊《とうぞく》の類《たぐい》に身をやつす者が多い。

武術の腕の立つ者なら、仕官して騎士や戦士にもなれる。あるいは冒険者や傭兵になることもできるだろう。

しかし、そういった者達の全てに、力量と人柄が備わるわけではない。

腕があり士官を志すも、人柄の部分で叶《かな》わなかった者。あるいは力量が足りずに試験に落ち、かといって一般人として仕事をして暮らすのを嫌がる者。

そんな者の多くが、野盗や盗賊へと成り下がるのだ。

しかも、今の俺達は荷馬車を何台も同行させていて、野盗からしたらいいカモに見えるに違いない。

いくら護衛がいるとはいえ、襲われる可能性は非常に高いだろう。

日々色々な物を運んでくれる商人は、常にこうした高いリスクと向き合っていることに気付かされるな。

そんなことを考えていると、部屋の中に突然スイが現れて片膝をつく。

「酒場などで情報を集めたところ、野盗の人数は二十人強でござる」

「こちらの護衛兵は二十人。戦って勝てない相手ではありませんね」

「では、このままカストレル連峰を越えることとしよう」

ハミルトンの言葉を聞き、俺は瞬時に決断した。

夜道で馬車を走らせるのは危険なため、出発は翌日の早朝と決めた。

翌朝、朝食を食べるために食堂に来たリリーに、野盗襲撃について説明する。

出発の準備を整えた俺達一行は、カストレル連峰へ向けて馬車を走らせた。

コハルと出会った峠を過ぎ、王国の中央部へ向けて下り始めたところで、右手側——山の上のほうから声が聞こえてきた。

馬がいななく声が聞こえ、馬車が停止する。

やはり予想通りに野盗が襲ってきたようだ。

俺は急いで馬車を飛び降りて、声が聞こえてきたほうを睨む。

剣を持った男達が、こちらへ向かって走ってくるのが見えた。

そんな俺の後ろでは、スイとコハルに続き、リリーまでが馬車から降りてきた。

俺はコハルを見ながら、リリーを指差す。

「コハルはリリーを守るんだ。リリーを襲う者は敵だから攻撃してもいいぞ」

「ワン、ワン、ワン」

コハルは吠えると、リリーへ向けて走っていった。

一方のスイは野盗達へと突進していき、俺を守るように戦い始めた。

両手にクナイを持ち、舞うように野盗達を屠《ほふ》っていく。

少し離れたところでは、ハミルトンや護衛兵達も剣で戦っていた。

もはや乱戦状態だ。

俺はリリーがいる方向に向かう野盗に近づく。

こちらに気付いた野盗の一人が、すかさず剣を振るってきた。

俺はそれを手に持つ剣で受け流し、その勢いに任せて隣にいた野盗の腕を薙ぎ払う。

俺を守るようについてきていたスイが、野盗二人に蹴りを浴びせ、倒れたところをクナイで止《とど》めを刺していた。

後ろを振り向くと、リリーが風魔法を使って、襲ってくる敵に砂塵《さじん》の目つぶしを放っている。

そうか、リリーはエルフの血が入っているから風魔法が使えるんだ。勝手に守る対象だと思ってたけど、戦えるんだな。

そしてコハルが、目に砂が入り苦しんでいる野盗の喉笛に勢いよく噛みつく。

バリバリ、ゴリゴリ、バキ！

コハルの体がこの前のように二倍――いや、それを超えるほどに巨大化し、一気に野盗の首を引き千切る。

巨大化した姿を見た野盗達は、顔色を青くして体を硬直させた。

その野盗達へと、コハルが跳躍して飛びかかる。

巨大化した前脚から伸びた鋭い爪《つめ》が、一撃で野盗達の体を引き裂いていった。

そしてコハルの雄叫《おたけ》びが周囲に響き渡る。

「ガァルル、ガァアー！」

目の前で咆哮《ほうこう》を浴びせられた生き残りの野盗達は、そのまま膝をついてしまった。

すると、少し離れていたところで、呆然《ぼうぜん》としながらも護衛兵と戦っていた野盗の一人が、大声を上げる。

「魔獣だ！　あいつらの中にテイマーがいるぞ！」

もしかして、俺のことをテイマーと勘違いしたのか？

厳密には違うんだけど……この場合、そう思われたほうが得策だな。

俺は剣を水平に構え、声を上げる。

「俺の魔獣に命を奪われたくなければ、今すぐ引くんだな！」

「ガァルル、ガァアー！」

俺の声に応えるように、コハルは跳躍して三人の野盗を吹き飛ばした。

それを見た野盗達は怖気《おじけ》づいて、それぞれに山の中へと逃げていった。

野盗がいなくなったのを確認し、ハミルトンは剣を鞘に戻して近づいてくる。

「アクス様、こんな隠し玉を用意されていたのですね。さすがです。まさかコハルがここまで強いとは……」

ハミルトンの言葉に、コハルは体を元のサイズに戻しながら、得意げな表情をしている。

うん、俺もここまでコハルが強いとは思わなかったよ。

普段の姿は可愛いマメシバだからね。

それから俺達は、荷馬車の荷を確認した後に、王都へ向けて再出発したのだった。

ALPHAPOLIS
WEB CITY SINCE 2000

A L P H A P O L I S

アルファポリス

アルファポリスの人気作品を一挙紹介！

◇　◆　◇

野盗に襲撃されたのはカストレル連峰でのあの時だけで、あとの道のりは順調だった。

王都に俺達が着いたのは、領都を出発した日から、一ヶ月半が経った頃だった。

やはり荷物があると、それなりに時間がかかってしまうな。

今回は前回以上に疲れが溜まっていることもあり、俺達は一泊だけ高級宿に泊まることにした。

安宿と高級宿の違いは、風呂《ふろ》の有無と食事の豪華さだ。

風呂は日本と比べて浅く、縦横に広いのが異世界風である。

深夜遅くまで豪華な食事と酒を堪能《たんのう》し、疲れを癒《い》やす。

そして翌日、俺は荷馬車を守る護衛兵と共に、王宮へと赴いた。

スイとリリー、コハルはお留守番だ。

荷馬車を城の衛兵に預け、俺は一人、ベヒトハイム宰相のもとへ案内してもらう。

「失礼します」

「アクスか、入れ」

「ご無沙汰しております、宰相閣下」

部屋に入った俺は宰相と簡単に挨拶を交わし、完成した紙を手渡した。

一応、そろそろ王都に着くというところで伝令は出してあったので、話は通っている。

宰相はその紙の質を確かめるように表面を撫でる。

今回の紙は、かなり薄く滑らかで、丈夫にできているから、満足してもらえるはずだ。

どんな反応かとドキドキしながら待っていると、宰相は頷いた。

「この品質であれば、国王陛下も喜ばれるだろう。さっそく国王陛下に報告せねばなるまい。貴賓《きひん》室《しつ》で待っておれ」

よっしゃ！

俺は宰相の指示の通り、貴賓室に移動して待つ。

そして二時間ほど経った頃、貴賓室の扉が開いて近衛兵が現れた。

近衛兵の案内により、俺は謁見の間へ向かう。

部屋の中へ入ると、玉座にフォルステル国王陛下が座っており、隣には宰相が立っていた。

俺は部屋の中央まで歩いて、片膝をついて礼をする。

その姿を見た国王陛下は俺に声をかけた。

「フレンハイム子爵よ、面を上げよ。ベヒトハイム宰相から完成品の紙は受け取った。なかなか上質であるな。大儀であった」

「ありがたき幸せ」

「紙の買い取りについては、ベヒトハイム宰相が説明を行う。しかと聞くがよい」

そう言って国王陛下は、視線で宰相に話すように促す。

一つ咳払いをした宰相は、羊皮紙を取り出した。

「王宮が販売する紙の名称は『ぱぴるす』とする。これはフレンハイム子爵の功を国王陛下が認められたものだ。『ぱぴるす』一枚につき小銅貨十枚、フレンハイム子爵の取り分は小銅貨二枚とする」

『ぱぴるす』って村の名前そのままじゃん。しかし、国王陛下の決定に文句は言えないよな。

ちなみに、銅貨十枚は日本円で百円。俺の取り分は二十円というわけか。

それなりのサイズとはいえ、紙一枚がこの値段とは、かなり高価に感じる。

しかし、プライドの高い貴族達なら何も考えずに購入するだろうな。

売り先は王宮だけとなったが、これで王国が継続している間は永続的に利益が入る。

それに、品質の低い紙は納品しなくてよさそうなので、他に色々使えるかもしれない。

俺は片膝をついたまま、改めて頭を下げる。

「ありがたき幸せ」

俺は内心でニンマリと微笑んだ。

やったー！　やったー！　これで少しは贅沢できるぞ！

◇
◆
◇

国王陛下と謁見した翌日、俺はリリーを連れてベレント商会の本店を訪れた。

彼女を連れているのは、色々と勉強させるためだ。

向かいのソファに座っているタイマンは、俺を見てニコニコとご機嫌だ。

「アクス様の読みが見事に的中いたしましたな」

「小麦が高騰しているのは知っているが、値段はどのぐらい跳ね上がったんだ？」

「春頃の小麦の値段は、一袋で銀貨二枚、今の値段は同量で銀貨三枚と銅貨五枚です」

銀貨一枚と銅貨五枚分……日本円にすると千五百円も値上がりしていることになるな。

俺はその金額に満足して頷く。

「それで、どれくらいの量を買い占めてあるんだ？」

「ベレント商会の名義で購入した小麦は二百トン。今の価格で市場で売れば、利益は光金貨三十枚となります。証文分で購入していたのは半分の百トンですから、アクス様の取り分は光金貨十五枚ですな」

「ちゃっかりと俺の話に乗っているとはな」

「私は商売人ですからな。儲け話があるとなれば、乗らないわけがありません。正直半信半疑ではありましたがね」

タイマンはソファに深く座り直してニヤリと微笑む。

しかし、光金貨十五枚か……日本円にすると一億五千万円。

今まで、一度にこれだけの額を稼いだことなんてないぞ。

俺はゴクリと生唾を呑み込んで、タイマンへ指示を出す。

「売りだ。今すぐ俺の分の小麦を売ってくれ」

「小麦の値段の上昇も落ち着きつつあり、今が売り頃かもしれませんな。承りました。一週間もあれば、全ての小麦を売り払えるでしょう。一週間後にはお金を用意できますので、取りに来てください」

俺はタイマンと握手して店を出る。

大通りを歩いていると、隣を歩くリリーが俺を見る。

「ゲレオン様の奴隷商でもそれなりの金額を見てきましたが、あそこまで大きな金額の取引は初めてでビックリしました。勉強になります」

「リリーは俺の側近だから、俺の代わりにベレント商会と取引することがあるかもしれない。しっかりと商売について勉強してくれよ」

「はい。がんばります」

それから俺達は、大通りにある食堂で昼食をとることにした。

テーブル席に向かい合って座ると、従業員が注文を取りに来る。

料理はリリーに選んでもらい、俺はエール酒を注文する。

ベレント商会との商売も上手くいったし、今日ぐらいは昼から飲んでもいいよな。

俺とリリーが料理を食べていると、隣で食事をしている商人風の二人の会話が耳に入ってきた。

「おい、南部のエクムント辺境伯領で流行り病が発生したってよ。なんでも病になった者は、まず咳が出て、それから高熱が出るらしいぞ」

「その話なら知ってるぞ。俺はクレメンス伯爵《はくしゃく》領にいたからな。すぐに死ぬわけじゃないが、治療法がないから死人もどんどん出てるだろう？　俺がクレメンス伯爵領を出たあと、伯爵領でも病人が出たって話だ。しばらくは南部へ商売に行くのはやめたほうがいいぜ」

エクムント辺境伯といえば、子爵家にとっては後ろ盾のような存在で、南部の貴族をまとめる大貴族である。

それに、クレメンス伯爵領は南部でも由緒ある一族だ。

俺は隣の二人の話が気になり、エール酒を片手に持って席を立つ。

そして二人のテーブルにエール酒をドンと置いた。

「俺は南部の貴族、フレンハイム子爵だ。流行り病の話は本当か？　もっと詳しい話を聞かせてくれないか？」

そう言いながら俺は懐から革袋を取り出し、テーブルの上に金貨二枚を置く。

すると二人はゴクリと喉を鳴らし、金貨を一枚ずつ懐に入れた。

そして一人の男が口を開く
「流行り病の話は本当さ。病を患うと高熱が続いて、食事をとっても嘔吐《おうと》しちまう。そして段々と食欲がなくなって、食べることもできずに死んじまうんだ。病になる原因は不明らしいぜ」

「クレメンス伯爵領にいる錬金術師《れんきんじゅつし》や薬師は何をしてるんだ？　治療薬やポーションを作ることはできないのか？」

錬金術師も薬師も、薬草から薬を作ることを生業《なりわい》にしている。

錬金術師と言うといかにもファンタジーなイメージがあるが、どちらかといえば、前世で言う科学者に近いだろうか。薬に限らず、色々なアイテムを作る者を指して錬金術師と呼んでいる。

一方で薬師は名前の通り、薬を作るのが主だな。

この異世界では薬の調合といえば、この二つの職業だ。

俺の疑問に、もう一方の男が答えた。

「錬金術師や薬師も薬を作ろうとしてるさ。だが病の原因も、どうやって病が広がるのかも分からないんだ。薬の作りようがないってさ」

「白魔法士の治癒《ちゆ》魔法はどうなんだ？」

「教会へ行って頼めってか？　治癒魔法なんて貴族様しか受けられるわけないだろ。教会の神官はお布施《ふせ》のことしか考えてないからよ」

リンバインズ王国には、イーリア教という一神教の宗教がある。

街々に教会があり、治癒魔法を使える者——白魔法士のほとんどは、神官となって各教会に所属する。

白魔法士の神官に治療を頼むには、高額なお布施が必要だ。

男達の言う通り、一般庶民は治癒魔法を受けられないのが現実なんだよね。

俺は男二人から話を聞き終えると礼を言って、リリーの待つテーブルへ戻った。

すると男達の話が聞こえていたらしいリリーが、心配そうな表情をする。

「流行り病ですか。もしフレンハイム子爵領に病が広がれば、多くの人達が病に苦しみますね」

「そうだな。できればフレンハイム子爵領に病が入ってくるのを防ぎたいが、病の原因が分からないのでは、防ぐのは難しいな」

咳が出るということは、前世の記憶にあるインフルエンザに近い病なのだろうか。

風邪もインフルエンザも、基本的には飛沫《ひまつ》感染だよな。

それに、この異世界では衛生についての意識が低いから、どの街の細い路地にもゴミが散乱しているし、路上生活者もそれなりに見かける。

上水道と下水道も完備されているのは王都ぐらいなものだ。

どの街でも、一人でも病人が出たら、一気に広まるんだろうな。

ただ、同じ王国南部地域といっても、エクムント辺境伯領は中央から最南部、フレンハイム子爵領は西の端で、間にはいくつか他の領もある。

俺達の領地にまですぐに広がるとは考えにくいけど、用心だけはしておこう。

俺達は従業員に食事の代金を支払って、食堂を出る。

外に出た俺は周囲を見渡し、大声を出す。

「スイ、いるんだろ」

「は、ここに」

「食堂での話を聞いていたか？」

俺の質問に、路地裏から現れたスイは片膝をついて大きく頷く。

「流行り病の件でござるな」

「エクムント辺境伯領とクレメンス伯爵領へ行って、流行り病の状況を調べてくれ」

「イヤでござる。私も病気にはなりたくないでござる」

今まで命令に背《そむ》いたことのないスイが俺の前で首を左右に振る。

忍といえど普通の人族だ。

誰だって病にかかるのは怖いよな。

しかし、どうしても流行り病の現状を知っておく必要がある。

俺は膝をつき、スイの肩に手を置く。

「流行り病の予防をしなければ、多くの者が死ぬかもしれない。頼む。スイの望みを一つだけ何でも聞くから」

「何でもでござるか？」

「何でもだ」

「では王都にあるスイーツを全部、堪能したいでござる」

スイの言葉に俺は思わず噴き出した。

スイーツ食べ歩きで流行り病の予防ができるなら安いものだ。

俺はスイとリリーを見て、ニッコリと微笑む。

「明日は、王都中のスイーツを食べ歩きしよう」

色々と収入があるし、これくらいはいいよね。

◇　◆　◇

スイの要望通り、次の日は王都でスイーツを堪能した。

領都では見たことがないようなケーキ屋や菓子店などがあって、しかもどれも前世と遜色《そんしょく》ないクオリティで、驚きの連続だった。

ちなみに、財布の中身の減り具合も驚きの速度だった。

そして翌日。

スイはエクムント辺境伯領とクレメンス伯爵領への調査のため、転移していった。彼女はかなり転移魔法に慣れているため、これくらいの長距離の移動もこなせるんだとか。諜報員として優秀すぎるだろ。

ともあれ、俺達は王都に残ってるわけだけど、タイマンからお金を受け取るまで、王都を離れるわけにはいかない。

それにせっかく王都に来たのだから、もっと街を探索してみたいな。

俺はリリーとコハルを連れて宿を出る。

「どこか行ってみたい場所はあるか？」

「そうですね、私は新しい本を探しに行きたいです。まだまだ勉強が足りませんから」

左隣を歩くリリーは、体の前で両手を握った。

確かに王都なら、本を沢山置いてある場所もありそうだ。やっぱり羊皮紙の写本は高いから本屋は少なそうだけど、図書館とかないかな？

俺とリリーの周りをコハルが嬉しそうに駆け回る。

「ワン、ワン、ワワン」

楽しそうに、何かを喋《しゃべ》るように鳴いている。

しばらく大通りを歩いていると、リリーが一本の細い路地を指差した。

「この道は通ったことがありません。どこに続いているのでしょう」

あまりにも細くて汚い路地なので、無意識に避けていたんだろうな。

リリーは汚い場所へ行くのも平気なのかな？

治安とかちょっと不安だけど、いざとなったらコハルもリリーも戦えるから、ちょっと入ってみようかな。

しばらく歩くと、見たこともないゴチャゴチャした街並みが目に入ってきた。

リリーは首を傾げ、まぶたをパチパチとさせる。

「そういえば以前、ゲレオン様から王都の治安について聞いたことがあります。なんでも、古い街並みが残っている一角があるとか……用がないだろうからと場所は教えてもらいませんでしたが、ここがそうみたいですね」

「へえ、面白そうだな！　探検してみよう！」

確かに建物は古いものばかりで、大通りとは趣《おもむき》が違うな。

しばらく探索を続けていると、『激安』と書かれている大きな看板を見つけた。

するとリリーは瞳をキラキラとさせて看板を指差す。

「アクス様、激安ですって。お買い得ですよ」

前世の日本の記憶でも、女性は激安という単語に弱い……みたいなイメージがあったな。男の俺もお買い得なものは好きだけどね。

扉を開けて店の中へ入ると、木や金属でできた何か道具のようなものが、所狭しと雑多に置かれている。

その店の奥のカウンターに、眼鏡をかけた痩身の男性がいた。店主だろうか。

俺達を見て、その男の眼鏡がキラリと光る。

「いらっしゃい。何でも見ていってね。安くするからさ」

「色々なものがあるけど、ここは何屋なんだい？」

「道具屋さ。からくり道具から魔道具まで何でも揃ってるよ」

からくり道具とは、動力を持たない機械じかけの簡単な道具のことだ。

魔獣から取れる魔石を動力とした道具のことは、魔道具と呼ぶ。

俺達は一つ一つの道具を適当に見て回る。

しかしどれも、何に利用するものか分からないものばかりだ。

本当に売れる商品を作る気があるんだろうか？

俺は、円柱に十本の足が生えた道具を手で掴み、店主に尋ねる。

「これは何だ？」

「クモさ。スイッチを入れれば、十本の足がカシャカシャ動くんだ。魔道具だから、動かなくなったら魔石を交換すればいい」

店主の言葉を聞いて俺は呆れる。

「何のために作ったんだ？」

「別に？　ただ作りたかっただけだ。子供の遊び道具にはなるだろう」

思いつきで作ったのか？

めちゃくちゃ適当な奴だな！

まったく、無意味な魔道具を作るんじゃないよ。

俺が呆れ果てた表情をしていると、店主はニンマリと笑う。

「俺の本職は錬金術師でね。薬も作ったりするけど、色々な道具を作るのが趣味《しゅみ》なんだ。何か面白いアイデアがあれば相談してくれ。何でも作るぞ」

店主は錬金術師だったのか。

錬金術師なら、色々な道具に興味を持つのも頷ける。

俺と店主が話していると、後ろから「ブオォォー」という大きな音と、続いてリリーとコハルの悲鳴が聞こえてきた。

振り返ると、コハルの可愛い尻尾が魔道具の中へと吸い込まれている。

リリーは必死になって、コハルを助けようとして体を引っ張っていた。

「キャウン、キャウン」

「コハルー！」

俺はすぐに駆け寄り、魔道具のスイッチを切る。

すると店主がカウンターから出てきて、頭をボリボリと掻いた。

「それは風魔法を応用した魔道具でね。名は『キュイーン』っていうんだ。かっこいいだろう。何でも吸い込むが、すぐにいっぱいになってしまうのが難点なんだ」

……ああ、吸引だから『キュイーン』か！　安直すぎるだろ！

俺は心の中で、盛大に突っ込みを入れた。

そして冷静になって考えてみる。

この異世界では、機械らしい機械を見たことがない。

うちの領がそういうものなのかと思っていたけど、王都でもそれは変わらないようで、王宮や他の店でも、こういった機械のような道具は見たことがなかった。

うちで作ってる製紙の道具とかも、機械といえば機械なんだけど、このサイズ感が……となると、やっぱり見たことがない。

それにしても、この店の道具は、どれもガラクタにしか見えないが、妙に精巧な作りのものばかりだ。

俺は『キュイーン』を片手に店主を質問する。

「この店の道具に興味が湧《わ》いたよ。他の道具屋とは一味違うな」

「分かってくれるか。そうだ、俺はすごく画期的な発明をしたんだ。ちょっと待っててくれ」

店主は店の奥まで走っていくと、何かを手に持って戻ってきた。

そして両手に載っているものを見せる。

「これを見てくれ」

店主の手にあるものを見ると、ねじりバネと歯車だった。

店主は興奮で鼻息を荒くして語る。

「これは反発力を高めたねじりバネと、強度を上げた歯車なんだ。こいつらがあれば、今まで以上に道具の発展につながるに違いない！　俺が考えたんだ！」

「へえ、凄いな」

俺は適当に相槌《あいづち》を打ちながら、ニコニコしている店主を見る。

この店主は発明家でもあるのか。

発明……新しいアイデア……これは使えるかもしれないな。

ここは一つおだてておこう。

俺は店主に向かってパチパチと大きく拍手する。

「素晴らしい！　こんな画期的な発明は見たことがない！　それにどの道具も面白いな！」

「この俺の道具の素晴らしさを理解できるのか！　同志よ！　心の友よ！」

店主は感極まって俺の両手を握りしめる。

俺はニッコリと微笑んで、両手を放した。

「俺は王国南部にあるフレンハイム子爵領の領主、アクス・フレンハイムという。よかったら俺の子爵領へ来ないか？　道具を発明する資金も提供しよう。自由に発明を続けてくれ」

「俺はカーマインだ。資金を出してくれるなら、どんな発明でもしてみせる。この天才に任せたまえ！」

俺は内心でガッツポーズをする。

そして後ろを振り返ると、リリーが生温かい目で俺を見ていた。

「ワン、ワン、ワン」

コハルはいつでも俺の味方だよな。

第6章　流行り病

カーマインを勧誘した五日後。

俺はベレント商会の本店へ向かい、タイマンから光金貨の入った革袋を受け取った。

そしてその足で、フレンハイム子爵領へと帰ることにした。

帰りの馬車に乗る人員は俺、リリー、コハル、そしてカーマイン。

荷馬車も空になってしまったので、一つは王都のお土産を載せて、残りは王宮に置いてきた。

かなりの大金を持っているので若干不安だが、ついてくる荷馬車が減ったので、そのぶん馬車一台あたりの警備はかなり厳重になっているから大丈夫だろう。

そうそう、カーマインはあのあとすぐ、店を閉めてフレンハイム子爵領へ来ることになった。

当分の間は俺の邸に住む予定だ。

俺達は帰路を急ぎ、一ヶ月ほどでフレンハイム子爵領へと到着した。

王都行きの時とは違って、荷物がかなり減ってるから素早く動けたのだ。

領都に着く頃には、季節はすっかり冬になろうとしていた。

俺達は留守番していたエルナ達と色々話しながら、その日はゆっくりと過ごすのだった。

明日から頑張ればいいよね。


翌日、俺はカーマインを執務室に呼んだ。

部屋に入ってきた彼をソファに座らせて、俺は机をコツコツと指で叩く。

「カーマイン、あのクモ型の道具と、『キュイーン』とを合体させたものを作れるか？」

イメージしているのは、掃除機のようなものだ。

「それは簡単だが、『キュイーン』は欠陥品だぞ。中身がすぐにいっぱいになってしまうからな」

「『キュイーン』の後ろに穴を開けて、大きな袋を取り付けるのはどうだ？　その袋を取り替えられるとしたら？」

「……おお、いくらでもものを吸い込むことができる！　天才の俺としたことが盲点だった！

『キュイーン二号』と名付けよう」

「待て待て！」

ソファから立ち上がり、興奮したまま部屋を出ようとするカーマインを俺は止める。

「大型の『キュイーン二号』は作れるか？　吸引力をもっと強力にするとか」

「うーん、機構を書き換えれば、吸引力を強くすることはできる。しかし『キュイーン二号』を大きくするには、部品も大きくなり、耐久性も必要になる。今のように木の部品をメインにすると無理だな」

だったら……

「鉄ではどうだ？」

「外装を全て鉄にするってことか？　それだと重くなりすぎる。足をつけても移動なんかできなくなるぞ」

「使う魔石を増やせばいいじゃないか。動きを補助してやるんだよ」

俺の話を聞いて、カーマインは驚いた表情をする。

「なるほど、脚部の一つ一つの部品に動力をつけるのか！　その発想はなかった！　それなら『キュイーン二号』を動かせるかもしれない！　さっそく、取りかかってみよう！」

カーマインは両拳をギュッと握ると、勢いよく部屋を飛び出していった。

次に俺は、オルバートを呼び出す。

「俺がいない間、代理を務めてくれてありがとう。領地の現状を知りたいんだけど」

「外壁補修をしていた国境に近い街ですが、復旧作業が進んでおり、ほぼ完了しています。焼き過ぎレンガのおかげで、かなりスピードが上がっていますね。それから、懸念していた予算の件については、昨日アクス様が持ち帰られた資金で、かなり余裕が生まれました。ありがとうございます」

「俺の領地のことだからな、資金のことは気にするな……そうだ、街の住人達の健康状態に異変はないか？　風邪のような症状が流行している街はないか？」

「いえ、特別何かあるとは聞いていませんね。たしか辺境伯領では流行り病があるというような噂は聞きましたが……」

「流行り病の説明は私に任せるでござる」

「うわっ⁉」

天井の板が外れて、スイがシュッタと床に着地する。

いつの間に領都に戻ってきていたんだよ⁉

というか急に現れたせいで、オルバートがめちゃくちゃびっくりしてるじゃないか。

スイが俺の耳元へ唇を寄せる。

「アクス様が眠っている時に戻ってきたでござる」

「耳に息を吹きかけるなー」

俺はスイの顔を手でわし掴みにして遠ざけた。

後ろに下がったスイは、姿勢を正して片膝をついた。

「流行り病はエクムント辺境伯領、クレメンス伯爵領、共に蔓延《まんえん》しているでござる」

「患者の人数はどれくらいだ？」

「エクムント辺境伯領もクレメンス伯爵領も、領民の半数近くが病に侵されているでござるな。もっとも、軽い症状の者は普通に働いてござったが」

領民の半分って、かなり広まってるってことだよな。それに病人が働いているのもまずくないか。

オルバートは、表情を厳しくする。

「それは思っていた以上にマズいですね。特にエクムント辺境伯領は、この王国南部の主要地域。その領民の半分以上がかかっているとなると……南部全体で感染者が増えていると考えてよさそうです」

俺は頷き、スイを見る。

「スイ、流行り病の広がり方の特徴は？」

「基本的には一人が発症すると、家族全員へ感染するようでござるな。酒場などで一気に広まったという話もあるでござるな。厄介なのが、ポーションを飲んでも体力が回復するだけで、症状が治まるわけではないところでござりましょう」

となると、やっぱり飛沫感染かな？

「おそらく、くしゃみとか咳で舞った毒素を吸い込んだら感染するんじゃないかな」

異世界には細菌《さいきん》とかウイルスの概念がないから、毒素と言ったほうが理解しやすいだろう。

まぁ、細菌性のものなのかウイルス性のものなのかも分からないけど。

俺の予測を聞いて、オルバートは両手を広げる。

「それでは、なす術《すべ》なしではありませんか」

「そうでもないぞ。外から家に戻ったら手洗い、うがいをして、体も拭いて服を換える、これだけ

でも予防になるはずだ」

俺の提案に、オルバートは顔を左右に振る。

「人族、亜人族、獣人族も、手洗いをする習慣を持っていません。うがいについても、庶民には広まっていない習慣ですね。それから、一般庶民は頻繁《ひんぱん》に着替えられるほど服を持っていません。不可能です」

まぁ、この世界は元の世界に比べれば、衛生面への意識が低いからな。

なんせポーションがあったり、いざとなれば白魔法士もいたりする。そういったものでどうにかする傾向が強いのだ。

手洗いとうがいについては周知を徹底すればいいとして、それだけでは防ぎきれないだろう。

このままでは感染が広まって、領地が壊滅状態になってしまう。

俺は机の上に両肘《りょうひじ》をつき、両手を組む。

「とりあえず、パピルス村でドルーキン達に相談するかな……」

「何かアイデアがあるのですか？」

「ああ、実現するか分からないけどな」

「分かりました。私は各街へ伝令を送り、手洗いとうがいの徹底、それから流行り病について注意を促します」

オルバートは身を翻すと、部屋から足早に去っていった。

◇
◆
◇

翌日、俺はスイを伴いパピルス村へと向かった。

そして村長であるレーリアの家へ向かい、ステンチとドルーキンの二人に集まってもらう。

俺は領内に流行り病が広がる可能性を語った。

それを聞いたレーリアが何度も頷く。

「病人が増えれば、死人が出ずとも経済が立ち行かなくなりますからね。予防できるというのであれば、そうするべきでしょう」

「理解してくれて助かる。それで、予防のためのアイデアがあるんだけど……」

俺はリュックの中から紙を二枚取り出し、三人に見せる。

これは俺が昨日のうちに紙に描いたマスクの絵だ。

この世界では、元の世界にあったような「マスク」は存在せず、仮面のことをマスクと呼んでいる。

口元を塞がないといけない時は、スカーフやタオルで口元を覆うのが一般的だ。

俺が描いたのは、いわゆる布マスクのイラスト。そして、浅いカップ状のものに、紐《ひも》を通して耳にかけられるようにしたもののイラストの二枚だ。

ドルーキンは紙を見て、首を傾げている。

「なんだこりゃ」

「マスクさ。顔を覆うんじゃなくて、鼻と口だけを覆うものだけどね」

「……なるほど、この両側についてる紐を、耳にひっかけるのか」

さすがドルーキン、どういう使い方をするのかすぐに分かったみたいだ。

「その通り。一つは布製で、口と鼻を覆うくらいのサイズに切った布の両端に、紐をくっつけたものだ。これなら、スカーフなんかに比べても、使う布が少量で済む。とはいえ、定期的に洗って干したりしないといけないから、どうしてもそっちが使えない時は、こっちのもう一枚のほうだな」

俺は浅いカップ状のマスクを指差す。

「こっちは紙の屑《くず》や、製紙原料の余りを使おうと思っていてね。お椀《わん》の型を作って紙の原料を流し込み、固めるんだ。普通の紙よりも厚めにするイメージだね。通気性はない素材だけど、顔にはフィットしないから、横にできた隙間《すきま》で呼吸する感じだ。布マスクに比べたら頼りないけど、少なくとも正面から飛んでくる飛沫や、自分が飛ばしてしまう飛沫は防ぐことができる。型さえできれば量産は簡単だし、国に卸している紙ほどの品質が必要なわけではないから、比較的安価に作れるだろう」

「なるほど、確かにこれなら簡単に作れるな」

ドルーキンが納得する横で、ステンチとレーリアも頷いていた。

「それではパピルス村ではこの紙マスクの制作を行う、ということでしょうか？」

「ああ、レーリア。布マスクについては、作り方を各村や街に伝えて、自分達で作ってもらう。材料が足りなければ子爵家が融通しよう」

「分かりました、ありがとうございます」

「そうと決まればさっそく試作じゃ！　行くぞ！」

ドルーキンがそう言って、レーリアの家を飛び出していくので、俺は慌てて追いかけた。

そしてそのまま製紙工場に到着すると、ドルーキンは型を作り始めた。

元々紙を漉くのに使っていた型を器用に変形させ、あっという間に型を製作する。

すぐに原料を流し込み、型で挟み込んで……まぁ、あとは乾燥待ちだな。

でも形はイメージ通りだから、これが乾燥したら、左右に穴を開けて紐を通して完成だ。

やりたいことはドルーキンに伝わっているようだし、任せても大丈夫だろう。

「それじゃあドルーキン、あとは頼むよ」

「うむ、任せておけ」

頼もしく思いつつ、俺は製紙工場を出る。

あとは……手袋があればいいな。

もし予防しきれずに領内で感染者が出たら、看病が必要になってくる。

その時に、気軽に捨てられる素材だとなおいいんだけど。布だと水分が染みてくるから、防水性が高いほうがいいよな。


パピルス村から帰ってきた俺は、リリーを伴い、カーマインのもとへ向かった。

手袋について相談するためだ。

彼には宿泊場所として邸の一部屋を貸しているが、道具作りは庭の倉庫で行ってもらっている。

なにせ、なかなか騒音が出るからね。

俺達が近づくと、倉庫の中から「ブゥオーー！」というけたたましい音が聞こえてきた。

俺とリリーは、慌てて倉庫の扉を開ける。

すると倉庫の中には、何かの装置に取り付けられたホースに尻を吸われているカーマインの姿があった。

「おーい！　見ていないで助けてくれー！」

「なんでゴミみたいに吸い込まれてるんだよ！」

俺は突っ込みを入れながら、ホースに吸い込まれていくカーマインの体を引っ張った。

その間に、リリーが装置のスイッチを切る。

静かになった倉庫の中で、カーマインはホースから体を剥《は》がして、ずり落ちたズボンを腰へ戻す。

「助かった。吸引力を確かめようと近づいたのがマズかったよ。ワハハハ」

「自分の身で吸引力を確かめるなよ」

笑って誤魔化そうとするカーマインを見て、俺はどっと力が抜ける。

装置から離れたリリーが首を傾げた。

「この装置は何ですか？　凄い吸い込みでしたけど？」

「よくぞ聞いてくれた！　これぞ『キュイーン二号』の胴体部分だ」

『キュイーン二号』……『キュイーン』を大きくできないかとは言ったけど……

自動車一台分の大きさを頼んだ覚えはないぞ。

俺は頬を引きつらせながら、カーマインに問う。

「なぜ、こんなに大きいんだ？　この半分の大きさでも十分だろ？」

「大は小を兼ねる！　迷い人の名言だ」

迷い人というのは、神話に登場する人物で、別の世界からやってきた者のことだ。

神話によれば勇者となって、魔族を率いる魔王を倒したとか……倒してないとか……

転移してきたのはきっと日本人だよね。

俺は『キュイーン二号』の胴体を眺める。

こんな巨大な機械に足を付けるのか……もし領都を徘徊《はいかい》させでもしたら、街は大混乱になるぞ。

呆れている俺の服の端をリリーが引っ張る。

「アクス様、本日の目的を忘れています」

ああ、あまりにビックリして、すっかり忘れていたよ。

俺は気を取り直して、カーマインへ質問する。

「カーマイン、使い捨ての手袋に使えるような素材はないか？」

「布じゃダメなのか？」

「吐瀉物《としゃぶつ》の処理とかの時に、染みてきちゃうからな。できるだけ防水性が高いほうがいい」

「うーん」

そうだな、もうちょっと具体的にイメージを伝えたほうがいいか。

前世のものでいうと、ビニール手袋とかゴム手袋なんだけど……

「加工しやすく、どんな形でも変形して、布のように柔らかくて、伸び縮みする素材はないか？それで耐久性があればなおいいんだが」

「うーん……元は液体なんだが、熱すると多少は伸ばしても千切れない程度に柔らかくなる素材ならあるぞ」

ゴムのような素材が、この異世界にもあるのか？

カーマインは平然とした表情で語る。

「まぁ、その辺にいるスライムさ。スライムの体液を熱すると、ネバネバした粘体《ねんたい》になるんだ。錬金術師なら誰でも知ってることだ」

「ネバネバしているだけなら使えないぞ」

「話には続きがある。そいつをもっと加熱すると水分が飛んで、柔らかい固形物になるんだ。これは他の錬金術師は知らないと思うぞ」

他の錬金術師だって、粘体のことを知っていれば、より加熱した柔らかい固形物のことを知っていてもおかしくない。

俺は首を傾げ、不思議に思ってカーマインに問う。

「なぜ、カーマインだけが知ってるんだ？」

「錬金術師に伝わるスライムを使った道具や薬では、ネバネバした状態のものしか利用しないんだ。そして錬金術師は真面目な者が多いから、教えられた製法通りに、ネバネバしてきたところで火からおろす……だけど俺はこの通りだからな。火にかけたまま放置してて、気付いた時には釜《かま》の底に柔らかいものが張り付いていたのさ。ワハハハ。これぞ棚からぼた餅《もち》。昔の迷い人はいいことを言うねー」

それを言うなら、怪我《けが》の功名《こうみょう》とかだろ。

釜を放置して失敗したことで、新しい素材を見つけるなんて。

カーマインの図太さには呆れるが、いい情報を手に入れることができた。

「なるほどね。いい話を聞いた。またお願いすることがあるかもしれない。その時はよろしく」

「ああ、任せてくれ」

俺は執務室へ戻って、警備隊長のボルドを呼び出した。

「何の用だ？　私に声がかかるなんて珍しいな」

「ああ、ジェシカには少し頼みづらい案件でね」

ジェシカは戦士としてのプライドが高い。

簡単な用件では断られてしまうからな。

俺は机に肘をついて両手を組む。

「ボルドにしか頼めない案件だ——大至急で森へ行き、大量のスライムを捕獲してきてくれ」

「……スライムか。それではジェシカには頼めないな。いったい、何に使うつもりだ？」

「流行り病対策で必要でね。新素材の原料になるんだ」

流行り病と聞いてボルドは目を細める。

警備隊は、領都フレンスの住人に流行り病への注意を行っている。また、領都以外に駐在する警備隊には、流行り病の兆候があればすぐに領都に知らせるよう、徹底させることにしていた。

ある意味、今一番敏感になっているのがボルドなのだ。

「分かった。非番の警備隊と共に、スライムの捕獲に向かおう」

やっぱりボルドは忠実な家臣だよな。

筋道の通ることと理解すれば、素早く動いてくれる。

ワガママなジェシカとは大違いだ。

それから五日後、荷馬車六台分のスライムが、邸の庭に置いた檻《おり》の中で動いていた。

スライムは、体内に取り込んだものであれば、何でも消化して餌《えさ》にできる。

そのため餌として残飯やゴミを与えるつもりだが、思ったよりスライムの数が多くて、明らかに足りていない。

そのうち共食いでも始めそうだよな……

ただ、どうするかは既に思いついている。

俺はリリー、コハルと共に街に出た。

冒険者ギルドの扉を開けた俺達は、カウンターで受付嬢へ声をかける。

「ギルドマスターに会いたい。大至急で依頼したいことがある」

「いらっしゃいませ、アクス様。承りました。私がご案内いたします」

受付嬢の後ろについて廊下を歩く。

そして階段を上って、ギルドマスターの執務室へと案内された。

部屋に入ると、グレインはニコリと微笑んで近づいてくる。

「アクス様、いったい何用で？」

「大至急で冒険者達に依頼したいことがあってね」

俺の言葉を聞いたグレインはニヤリと笑う。

「金を貰えるならゴミ拾いからドラゴン退治まで、冒険者ギルドは何でも請け負うが」

「そうか、ならちょうどよかった。領都中のゴミを集めて邸まで運んでくれ。ガラクタでも何でもいい」

「へ？　それだけか？」

あまりに簡単な依頼に、グレインは口をあんぐりと開ける。

「領主としての依頼だからね！　大至急で頼むよ！」


そして三日後。

冒険者達に連絡が行きわたったようで、ゴミやガラクタが無事に大量に集まった。

これでスライム達の餌の確保ができたな。

それにごみを一気に片づけたことで、領都自体が綺麗になった。

ただ、予想外の事態が……

というのは、餌を与えられたスライムが、分裂して増殖を始めたのだ。

しかもかなりの勢いで。

待て待て、こんな一気に分裂するなんて聞いてないぞ⁉

予備の檻も持ってきて庭に置いたのだが、今日にも足りなくなりそうだった。

このままでは檻に収まりきらなくなって、庭が崩壊する。

俺はボルドを呼び出した。

「悪いんだけど、邸の庭からスライムを移動させてくれ！　セバスに怒られる！」

「今度は外か？」

「ごめん！　とりあえず檻ごと外壁のすぐ外に置いてきていいから！」

というわけで、大量のスライム達は街の外壁の外へと移すことになった。

もうちょっとスライムについて調べてから動くべきだったな……

俺は警備隊が頑張ってくれている間に、執務室にジェシカを呼び出した。

彼女は不機嫌な表情で部屋に現れる。

「アタシに何か用かい。簡単な用事なら、お断りだよ」

「パピルス村のドワーフ達を領都へ連れてきてくれ。たぶん面倒臭がって来ようとしないから、ジェシカの立場が必要なんだ」

「そんな用事、ボルドでもいいだろ」

ボルド……というか警備隊は今はスライム関連で忙しいからな。

とても領都とパピルス村を往復する時間はない。

俺は説明に困り、窓の外へ視線を逸らした。

その様子を見て、ジェシカは俺を睨む。

「いったい私の知らないところで何をやらかしたんだい？」

「実はさ……」

俺は邸の庭のスライムが増殖したことと、ドワーフが必要な理由を説明する。

話を聞き終わったジェシカはため息をついた。

「何をやってんだか。分かった、パピルス村まで行ってきてやる」

「助かる。頼むぞ」

ジェシカは笑い、何も言わずに背中を向けると、片手を上げて部屋から出ていった。

◇◆◇

翌日、ジェシカがパピルス村から戻ってきた。

俺とカーマインが執務室で話し合っていると、荒々しく扉が開く。

ジェシカに連れてこられたドルーキンは、俺を見るなりわめいた。

「ドワーフなら領都にもいるだろう！　なぜ、わしを連れてきたんだ！　せっかく鍛冶がいいところだったのに！」

そうだったのか、道理でジェシカが戻ってくるのが遅かったんだな。なんだか悪いことをした。

でも……

「鍛冶ができるドワーフは領都にもいる。でも統率できるドワーフはいないよ。だからドルーキンを呼んだんだ」

「フ、フン、上手いこと言いよるわい。それでわしに何をさせたいんだ？」

ドルーキンはあっさり機嫌を直し、そう尋ねてくる。

するとソファに座っていたカーマインが立ち上がり、一枚の図をドルーキンに見せた。

俺は図を食い入るように見ているドルーキンに説明する。

「これはゴミ処理場の設計図だ。まず、領都にあるガラクタやゴミは、外壁の外に作ったこの処理場の前に持ってくることにする。それを『キュイーン二号（改）』で吸引して集め、中のコンベアーに移す。ゴミはおおまかに粉砕したあと、スライムに分解させるんだ」

「ふむ。そのキュイーンとやらも気になるが……おおむね話は分かった」

「助かるよ。この処理場の設備が、俺達だけでは作れそうもなくてね」

かなり複雑な設計になってしまったので、ドワーフの力が借りたいのだ。

俺の言葉を聞いて、ドルーキンは逞《たくま》しい胸筋の前で両腕を組む。

「それをわしらドワーフに作らせたいということだな」

「ああ。領都での試作が成功すれば、領内の主要な街に処理場を設置するつもりだ。街の衛生を保つことは、病の抑制になるからな」

「街の衛生のためということなら協力するしかあるまい……それで、その『キュイーン』を作ったのは誰じゃ？」

ドルーキンの言葉に、カーマインが笑みを浮かべる。

「それは俺だ。カーマインという。ドワーフは物作りが得意だと聞くからな、色々と相談したいことがあるんだ。是非、俺が作った『キュイーン二号』を見てくれ」

ドルーキンとカーマインは意気投合し、しばらく話し続け、このままではキリがないと思った俺は、二人を部屋から追い出した。

さて、あとは建設作業の人員と、完成後の作業要員を集めないとな。

人族、亜人、獣人、誰でもいい。人はいくらいても困らないからね。


そうしてドルーキンが合流した三日後には、ゴミ処理場の建設工事が始まった。

ちなみにドルーキンとカーマインはあの日、徹夜《てつや》で物作り談義をしていたらしい。仲良くなってくれて何よりだよ。

それからさらに十日後、建設中の処理場へ見学に行くと、薄い壁ながらおおむね外観は出来上がっていた。

建物の中に入ると、ベルトコンベアーのような装置がガタゴトと動いている。

どうやら試験運転中だったようで、近くでは『キュイーン二号（改）』が「ゴオォォオオー！」という爆音と共にゴミを吸い込んでいた。

ベルトコンベアーの先には、カーマインが作った粉砕機があり、そこを通過したゴミは、スライムがいる別の部屋へと運ばれていく。

餌を与えられて分裂したスライムは定期的に間引いて、カーマインが言っていた素材に加工する手筈だ。

しかし、色々な装置が動いているので、耳を塞ぎたくなるほど音がうるさい。

俺は耳を押さえながら、ドルーキンへ叫ぶ。

「この騒音は何とかならないのか？　外側の壁も薄いし、領都の住民から苦情が来るかもしれないぞ」

「分かっておる。今は仮の壁だが、焼き過ぎレンガや砂を使って壁を厚くする予定だ。そうなれば防音対策は完璧だわい」

「なるほど、それなら大丈夫そうだな。くれぐれも頼むぞ」

これでスライム素材も手に入るし、街も綺麗になるし一石二鳥だな。

しかし、早く次のステップに移らないと、流行り病が広がってからでは遅い。

俺はご満悦といった様子で工場を見ているカーマインとドルーキンの手を掴む。

「二人に次の仕事の相談がしたい」

「次の仕事？　そういえば、処理場の建設で頭がいっぱいで忘れていたが、スライムの体液が大量に必要なんだろう？　何に使うんだ？」

「いったい、何のことだ？　きちんと説明をせんか」

そういえば、ドルーキンにはそこまで説明してなかったっけ。

疑問の表情を浮かべる二人に、俺は両手を広げて説明する。

「スライムの体液を加工して、伸び縮みする、防水性の高い布みたいなものを作るんだ。その布で手袋を作る。そうすれば汚いものを触っても手が汚れないだろ。布だと染みてくるようなものでも安心だ」

「ほほう、スライムからそんな素材がとれるのか。その手袋以外にも色々と使えそうじゃのう」

ドルーキンが目を輝かせるのを見て、俺は苦笑しつつ指示を出す。

「そんなわけで、隣に工場をもう一つ建ててくれ」

「スライムの体液を加熱する釜と、炉を管理する人手も必要だな」

「わしがドワーフ達を集めてこよう」

カーマインの言葉に、ドルーキンはニヤッと笑って、腕に力こぶをつくるのだった。


さらに十日もすれば、ゴミ処理場と、その横にスライム加工工場が完成した。

俺とリリーが加工工場の視察に行くと、二十個の大きな釜が並んでいて、かなり壮観だった。

さらに、スライム素材を伸ばす道具や、手袋の型にカットする道具もあって、準備は万全だ。

俺の隣で、リリーは両手を握りしめる。

「これが私達の作る手袋の布なんですね」

「ああ、裁縫《さいほう》職人の管理はリリーに任せるよ」

「初めて仕事を任されたんですから、がんばります」

この異世界には、ミシンはない。

ここからは人力を使った手作業になるな。


リリーをリーダーにした裁縫職人チームのおかげで、手袋の制作はかなり順調に進んでいった。

なにせ、領都中のゴミを与えているためスライムの素材が途切れることはないし、職人達もベテランだらけで製作のスピードが速い。

並行して、布マスクと紙マスクも作っているため、それぞれ十分な量が溜まったら、警備隊によって領都の住人に配られる予定だ。

執務室でリリーの報告を受けていると、いきなり扉が開く。

そしてカーマインが、後ろ手に何かを隠しながら、ニコニコと笑顔で入ってきた。

「できた、できたぞ！　これを見てくれ！」

「何を見ればいいんだ？」

俺は何か嫌な予感を覚えて目を細める。

するとカーマインは後ろに隠していたものを手前に持ち上げた。

「じゃーん！　全身スライムスーツだ！」

それは全身を包む、スライムの体液製のつなぎ服だった。

皆が一生懸命に仕事をしているのに、何を作ってるんだよ。

あまりのバカらしさに呆《ほう》けている俺の隣で、リリーが眦《まなじり》を吊《つ》り上げて叫ぶ。

「遊んでないで、仕事をしてください！」


一週間後には、領都フレンスの住人の全てにマスクと手袋が配られた。

あわせて、近くの領地で流行り病が出てきていることも周知する。

そしてその対策として、手洗いとうがいを徹底すること。布マスクは定期的な洗濯を促し、予備として紙マスクを使うこと。そして、もし体調不良者が出たら、看病の際には手袋を使うこと。

これらを、街角に立たせた警備隊員に説明させた。

領内の他の街々にも、マスクと手袋を配布し、注意を促していく。

そうこうしているうちに、フレンハイム子爵領には雪が降り始めたのだった。

◇　◆　◇

ある日、俺があまりの寒さにベッドの中でぬくぬくしていると、いきなりジェシカが私室へ入ってきた。

そしてベッドの布団を勢いよく剥ぎ取ってくる。

「冒険者ギルドで聞いた話だが、隣のコーネリウス伯爵領でも、流行り病が発生したらしいぞ」

ジェシカの言葉を聞いて、俺は一気に目が覚める。

こうなると、いつ領内で流行り病が報告されるか分からない。

俺は手早く着替えを済ませて、ジェシカと一緒に執務室へ向かった。

部屋の中へ入ると、オルバートとボルドの二人が顔を青くして立っていた。

「どうしたんだ？　顔色が悪いぞ」

「今、早馬が到着しまして、エクムント辺境伯が病で死去されたそうです」

オルバートは残念そうな表情を浮かべる。

少し前、辺境伯が流行り病に感染したという噂を聞いてはいたが……本当だったのか。

「そうか……結局挨拶には伺えないままだったな。使者を送って哀悼《あいとう》の意を示しておいてくれ。辺境伯領はどうなるんだ？」

「ご子息のレイモンド様が跡を継ぐことになるそうで、臨時で当主として指揮を執っているようです。アクス様の時と同じですね」

なるほど、正式な任命は日を改めてになるのか。

しかし、これは我が領も覚悟を決めないといけないな。

俺は机に座り、両肘をついて両手を組む。

「ジェシカは兵を使って領内の街々へ伝令。冬の間は、必要な時以外は領民の外出を禁止する。生活に関わる部分があるから、どうしても難しいとは思うが……マスクなどについても、改めて使い方を周知してくれ」

「冒険者達はどうするんだ？　あいつらは領主の言うことなんて聞かないぞ。生活もかかってるしな」

「必要最低限の給付金は出す。それで文句を言う冒険者は領内から叩き出すしかない。冒険者ギルドにも通告して徹底するように」

いつにない俺の厳しい言葉に、ジェシカは表情を引き締めて部屋を去っていった。

その後ろ姿を見送ったあと、俺はボルドへ視線を移す。

「領都の警戒を強化。見回りの回数を増やし、何か異変があればすぐに共有してくれ」

ボルドは右拳を胸に当てて礼をすると、執務室から出ていった。

俺は静かな部屋の中で、窓の外の雪を見つめる。

ただでさえ冬は、体調を崩す者が多い。これで流行り病が入ってきたら、どれだけ被害が出ることか……

俺が考え込んでいると、オルバートが声をかけてくる。

「アクス様、ご指示を」

「ああ。ドルーキンには、ドワーフ達を集めて、外壁の外に隔離施設を作るように指示してくれ。カーマインとリリーには、引き続きマスクや手袋の製作に加えて、スライム製のつなぎ服の製作も指示してくれ。病人が出たら必要になるかもしれないからな」

まさかあのふざけた服が役に立つ可能性が出てくるとはな。

「かしこまりました。他の者達は？」

「セバスはいつものように邸の管理を。オルバートは常にボルドとジェシカと連携を頼む。エルナは客人だから、万が一にも流行り病に感染させるわけにはいかない。部屋で大人しくしているよう伝えてくれ」

俺の言葉を聞いて、オルバートは大きく頷くと部屋を出ていった。

俺は天井へ向けて声を放つ。

「スイはいるか？」

「は、ここに」

天井の板を外して、スイは床にシュタッと着地する。

「話は聞いていただろ。隣領の様子を見て来てくれ」

「イヤでござる。やっぱり流行り病は怖いでござる」

スイはイヤイヤと首を振る。

前も同じだったけど、病が流行っている地へは行きたくないよな。

どうやって説得しようか……

俺は悩んだ末、大きく息を吐く。

「流行り病の騒動が終わったら、スイの言うことをまた一つだけ叶えてやろう。それでどうだ？」

「本当でござるな。では隣領へ行ってくるでござる」

スイはそう言うと飛び上がり、そのまま転移していった。


翌日、スイが転移で邸に戻ってきた。

スイの報告では、隣領の住人の約半数ほどが病にかかっていると言う。

病が軽度な者は咳をしながらも働いているが、重症の者達は家の中で寝たきりになっているらしい。

このあたりは、辺境伯領とかと同じだな。

錬金術師や薬師が薬を処方しているおかげで、死亡者はそこまで多くないが、感染者は増える一方だ。

このままではフレンハイム子爵領に流行り病が広がるのも時間の問題だろう。

他に何か対応できることはないかと悩んでるうちに、ドルーキンの指揮のもと、ドワーフ達の協力によって、隔離施設が二週間ほどで完成した。

そして完成したその日、執務室の扉をドンドンと叩く音が聞こえ、オルバートが必死の形相で室内に入ってきた。

「領都で流行り病が確認されました！」

とうとう、恐れていた事態になったか！

オルバートの報告では、領都の住人が三名、咳、発熱、頭痛を訴えたあと、嘔吐を繰り返して倒れたという。

患者達はボルドの機転により、既に街の外にできた隔離施設へ運ばれていた。

隔離施設には、俺の邸のメイド十名が待機している。

今頃はスライム製のつなぎ服を着て、患者の看護に当たっているはずだ。

俺は患者の中から死者が出ないことを祈るのだった。

◇　◆　◇

最初の病人が隔離施設に運ばれてから一週間が過ぎた。

日に日に病人の数は増え、今では五十名ほどの患者が隔離施設で看護を受けている。

思っていたよりも患者の増えるペースが遅いのは、予防対策のおかげだろうか。

とはいえ、領都以外での感染報告も届いてきており、油断はできない状況だ。

俺が執務室の机に座り仕事をしていると、リリーとエルナが入ってきた。

リリーが思いつめた表情で俺の前に歩み出る。

「私を隔離施設へ行かせてください」

「私もリリーと一緒に病棟で病人の看護をするわ」

二人の言葉を聞いて、俺は顔を左右に振る。

「ダメだ。それは許可できない。今回の病気はただの風邪ではないんだ。二人共、大人しく邸で仕事をしていてくれ」

亜人や獣人は人族よりも体力があり、病気にかかりにくい傾向があるから、リリー自体は問題ないかもしれない。

しかし、リリーに許可を出せば、エルナにも許可を出さなければ納得しないだろう。

エルナは大事な客人だ。病の危険のある場所へ連れていけない。

やはり今回ばかりは諦めてもらおう。

俺の厳しい表情から、意図を察したリリーとエルナは何も言わずに部屋を出ていく。

その姿を見届けてから、しばらく執務をしていると、急に扉が開き、執事のセバスが焦った表情で現れた。

「いったい何があったんだ？　珍しく慌てて」

「リリーとエルナ様の姿が見えないのです」

その言葉を聞いて、俺は立ち上がる。

リリーとエルナめ、俺の許可もなく隔離施設へ向かったな。

とんでもないお転婆娘達だ。

「隔離施設かもしれない。俺が行って連れ戻してくる」

俺はマスクをつけて、執務室を出た。

急いで隔離施設へ駆け付けると、リリーとエルナはスライム製のつなぎ服に着替えて、患者の看病に当たっていた。

そして、なぜかジェシカやスイも患者の看護をしている。

つなぎ服を着たカーマインの姿もあった。

あれだけ病を嫌がっていたのに、スイもいいところがあるじゃないか。

俺はジェシカに声をかける。

「軍団長のジェシカが、どうしてここにいるんだ?」

「軍のことはハミルトンに任せてある。こういう看病は得意なんだ」

あの狂暴なジェシカに看病と言われても違和感しかないのだけど。

しかし、口は悪いが心根の優しい彼女らしいな。

俺がニヤニヤと笑っていると、ジェシカはムッとした表情をして離れていった。

リリーを見ると、彼女は咳をしている患者に水を飲ませていた。

「大丈夫ですよ。ゆっくりと飲んでください」

患者は苦しそうな表情を浮かべながら、「ありがとう」と言って、少しだけ水を飲む。

やはり苦しそうなのは変わらないが、どこかホッとした表情になる。

病気になると心細くなるし、近くに人がいれば、どれだけ心が癒されることか。

すると突然、俺の後ろで「大丈夫ですか！」というエルナの大きい声が聞こえた。

後ろを振り返ると、エルナが看病していた患者が嘔吐していた。

急いで駆け寄ると、エルナは涙目になって俺を見る。

「食事を与えても全て吐いてしまうの。私は何をすればいい？」

そう聞かれるが、俺も何をしていいのか分からない。

俺達が戸惑っていると、カーマインがすっと患者に近寄る。

そして手に持っていた細いホースを患者の鼻の中へと押し込んだ。

「これはスライム素材で作ったホースだ。これを胃まで通して、直接ポーションを流し込む。経験上、呑み込む時に胃が辛くなるみたいだからな」

俺は医療のことに詳しくないが、そういうものなのだろうか？

そう思ったが、その患者の呼吸が落ち着き、表情も楽そうになった。

俺はいつもよりも引き締まった表情をしているカーマインへ質問する。

「随分と慣れているが、医療の経験があるのか？」

「俺は錬金術師だ。薬師や白魔法士がいない街では、病人が出た時に対応することも多いんだよ。王都に住み始める前は、色々な街に住んでたからな……さあ、ここにいてもアクスの仕事はないぞ。お前が病で倒れたら領地はどうなる。ここは俺達に任せて早く帰れ」

「ああ、だがエルナは……」

「本人がやりたがってるんだ、気の済むまでやらせてやろう。人手もそろそろ足りなくなってきたからな……いざとなったら俺が責任をもって看病するから」

「……カーマインがそう言うなら、任せるよ」

それに、本人に何を言っても聞き入れてもらえる気もしないしな。

俺は皆に任せて、隔離施設を後にしたのだった。

◇　◆　◇

それから一ヶ月後、雪も姿を消し、春が近づいてきた頃には、子爵領内の流行り病の脅威《きょうい》は収まってきていた。

感染予防策や隔離施設の設置が利いていたのか、患者の増えるスピードがとても緩やかだったため、こちらも対処できたのだ。

もし事前に何も対策をしていなかったら、領都内でパンデミックになっていた可能性が非常に高い。

とはいえ、主に小さな村を中心に、領内全体で四百名以上の死者が出てしまったし、他領との交易もかなり制限することになったので、経済的な打撃は大きい。

もっとも、その他領でもやはり病が流行しているので、無理に交易に出れば、また領内に感染が広まってしまう。急いでできることもないのが現状だ。

というわけで、俺は自分のベッドに横になって、眠りをむさぼっていた。

すると廊下からバタバタと足音が聞こえ、バンと音を立てて扉が開く。

「アクス様、大変です！　また病が発生しました！」

俺はオルバートの言葉に驚き、跳ね起きる。

「状況を報告しろ。あの流行り病とは別の病か？　人数は？」

「いいえ、同じ症状のようです。しかし、発病した場所が……王都なのです」

ついにカストレル連峰を越え、王国中央部まで広がったのか。

俺がベッドに腰かけると、オルバートが控え目な声で話す。

「王宮には白魔法士がいるので、問題はないとは思いますが」

「王宮はそうでも、王都の民に広まれば対応しきれなくなるだろう。もし王都が機能不全にでもなれば、この辺境まで影響があるかもしれないな……マスクと手袋の在庫はどれぐらいある？」

「三つの倉庫いっぱいに積まれております」

俺は一つ大きく頷き、ベッドから立ち上がる。

そしてオルバートへ向けて命令を下した。

「至急準備を。倉庫にあるマスクと手袋の全てを王宮へ運ぶ。王宮へは俺が話す」

「分かりました」

　というわけで、俺はスイを護衛に、そして以前住んでいた王都の様子を見たいと言うリリー、カーマインを連れて、荷馬車にマスクと手袋を積み込んで王都へ向かって出発した。護衛にはハミルトンが率いる護衛兵二十名を連れ、もちろんコハルも一緒だ。

　野盗に二度ほど襲撃されたが、ハミルトン率いる兵達とスイ、コハルの活躍により被害は出なかった。

　フレンハイム子爵領を出て一ヶ月後、俺達が王都に到着した時には、流行り病が猛威を振るっている最中だった。

　先触れを出しておいたため、すんなりベヒトハイム宰相の執務室へ案内される。

　コンコンと扉をノックして室内へ入ると、宰相は疲れ切った表情で机に座っていた。

「アクス、随分と急だったたな。流行り病が広がる王都へ何をしに来た？」

「まさにその流行り病についてです。冬に我が領も同じ流行り病が流行しまして。王都が難儀していると聞き、流行り病対策として、マスクと手袋をお持ちいたしました」

「ほう？　詳しく話せ」

　机に手を置いて立ち上がったベヒトハイム宰相に、俺は自領に流行り病が広まった時のことを丁寧に説明する。

街のゴミ対策、マスクでの予防、衛生的なスライム製手袋の作成、ゴミ処理場と隔離施設の設置などの施策を行ったことを話す。

じっと聞き入っていた宰相は、感心したように何度も頷いた。

「話を聞く限り、他の南部地域の領よりも死者が少ないようだな。感染予防、新素材の開発、それと病人の隔離か。やはりアクスはよい知恵者を家臣に持っているようだ。これから国王陛下へご報告する。アクスも国王陛下に謁見してもらうぞ。本来ならば謁見の間の準備をするところだが、今は一刻を争う事態。ついて参れ」

ベヒトハイム宰相と共に執務室を出て、王宮の最上階へ向かう。

最上階って、かなり限られた身分の者しか入れないって話だったと思うんだけど……俺みたいな下級貴族が立ち入ってもいいのか？

廊下の装飾品や床のカーペットなんかも、下の階に比べて豪華だし。

俺の不安をよそに、ベヒトハイム宰相はスタスタと前を歩き、豪華な扉の前で立ち止まる。

そしてその前に立っていた近衛兵と何かを話すと、近衛兵が扉をノックした。

「陛下、宰相閣下がお見えです」

「入れ」

部屋の中から国王陛下の声が聞こえ、扉が開かれる。

中へと入っていく宰相に取り残されそうになった俺は急いで後に続くと、室内は今まで見たこともないほど煌《きら》びやかだった。

そして、部屋の中央に置かれている高級ソファに、フォルステル国王陛下が座っておられた。

宰相は国王陛下の隣に立つと、俺に向かって手をかざす。

「陛下。フレンハイム子爵が、自領での疫病対策について話があるとのことです。アクスよ。自ら言葉で国王陛下に説明しろ」

「では……恐れながら……」

俺は先ほど宰相に説明したことを、再び国王陛下へ説明した。

すると、国王陛下は満足そうに微笑む。

「報告ご苦労。また、その内容も有用なようだ。やはりアクスの家臣には、相当な知恵者がいるのだな。ちょうどよい、その者を連れてくるがよい。余が直々に労いの言葉をかけよう」

やはり昨年のことを覚えていたか。

偶然だが、今回はリリーもカーマインを連れてきている。

たしか前の謁見の時は、一年後にパーティーをするとかなんとか言われてたけど、また王都に来るのも面倒だし、ここで二人を紹介しておけばそれで済むんじゃないか？

リリーには、紙の開発者として俺の替え玉になることは言い含めてある。

手袋については、カーマインが見つけた素材だから問題ないだろう。

あとの細かいことは、全部リリーが思いついたことにしてもらえばいいかな。

俺はその場で片膝をついて礼をする。

「ありがたき幸せ。家臣も喜びます。ちょうど王都へ連れてきておりますので、明日、改めて謁見の機会をいただけますと幸いです」

「うむ、それでよい」

こうして、フォルステル国王陛下の一言で、再びリリーとカーマインを連れて王宮へ向かうことになった。


翌日、王宮に到着すると、近衛兵がまずは来賓室へ案内してくれた。

待ち時間の間、切羽詰まったリリーは体をカチコチにしている。

「うー、どうして私のような者が王宮なんかに……」

「そのことはずっと話してるだろ。リリーは作戦通り、黙っているだけでいい」

「ああ、困ったことがあれば俺が代わりに答えればいいだろう」

緊張しているリリーとは反対に、カーマインは通常通りだ。その飄々《ひょうひょう》とした態度に、俺のほうが不安になってくる。

紙の発明に関してはリリーが、ゴミ処理場や手袋の素材、それからマスクなんかについては、カーマインが考え付いたことになっている。

そしてすぐに近衛兵が現れ、俺達を謁見の間まで案内する。

室内に入ると、フォルステル国王陛下は既に玉座に座っていた。

俺達は部屋の中央まで行き、片膝をついて礼をする。

するとフォルステル国王陛下はうんうんと何度も頷く。

「アクスよ。二人の紹介を頼む」

「はい。こちらの亜人……リリーは私の側近で、カーマインは子爵家専属の錬金術師でございます」

「リリーと申すか。そなたが昨年にアクスが申していた奴隷であるか？」

「はい」

リリーは床に深々と頭を下げる。

「ん？　今は奴隷ではないようだが」

「紙開発の功績により、今は奴隷の身分から解放しております」

リリーの代わりに俺が答える。

その様子を見て、フォルステル国王陛下は満足そうに微笑む。

そしてカーマインへ視線を移す。

「そなたがゴミ処理場や手袋の素材を作った錬金術師か。大儀である。どのようにして、そのアイデアを思いついたのか教えてくれるか？」

カーマインは国王陛下の質問に、片膝をつき床に視線を下げたまま、予定通りに説明をする。

すると玉座の隣に立っていたベヒトハイム宰相が一歩前に出る。

「紙の開発については側近、ゴミ処理場やスライム素材を完成させたのは錬金術師であるな。では、それらの思いつきを実現させたのは、二人のうちのどちらであるか？」

その問いに、リリーとカーマインは顔を見合わせて動きを止める。

謁見の間にシーンと張りつめた沈黙が訪れた。

そして体を震わせながらリリーが言葉を紡ぐ。

「私の思いつきを実行されたのはアクス様です」

「俺の道具を使って、ゴミ処理場を作る計画を立てたのはアクス様です」

リリーに続いて、カーマインまでが俺を名指しする。

おい！　せっかく俺じゃなくてお前らの功績にしてたのに！

すると、フォルステル国王陛下がゆっくりと立ち上がった。

まずい、嘘をついていたと叱責《しっせき》されるかも？

「アクス・フレンハイム子爵、そなたのアイデアを具現化する才、確かなものであるようだな。色々と詮索《せんさく》したい点もあるが、今回は不問とする。これからも王国のために尽力せよ。大儀であった」

そう言って国王陛下は謁見の間から去っていった。

よかった、怒られなかった……？

俺がホッとしていると、宰相が俺の隣に立ち、ニヤリと笑った。

「国王陛下も私も、一国を治める主と宰相だ。子爵の嘘を見抜けぬと思ったか。去年の謁見の時から、全て分かっておったよ。側近と錬金術師についても、王都に住んでいたことまで把握しておる」

「え？」

「今回は楽しませてもらった。国王陛下は心より喜んでおられる。これからも励むように」

その言葉で俺は全てを悟る。

去年から、二人の手の平の上で踊《おど》っていたことを。

完全にしてやられたね。

第7章　帝国の侵略

リリー、カーマインと共に謁見したあと、俺達はすぐに王都を発ち、フレンハイム子爵領へ戻ることにした。

元々、王都では最低限の用事を済ませたらすぐに戻ってくることにしていたのだ。向こうで感染して動けなくなるなんてことは御免だからな。

というわけで再び一ヶ月ほどかけ、俺達は領都へ戻ってきた。

領都を離れていた二ヶ月ほどで、流行り病の患者はほとんどいなくなっていた。

隔離施設も、ほとんどお役御免《やくごめん》のような状態だ。

そろそろ夏が近くなってきて、大分過ごしやすい気候だ。

なんだか久しぶりにゆっくりできそうだということで、俺はリリーを誘い、執務室でまったりとティータイムを楽しむことにした。

窓から入る日差しに照らされ、紅茶を味わう。コハルは幸せそうにソファの上で眠っていた。

……しかし気が付けば、父上がルッセン砦で戦死してから一年以上が過ぎてるんだよな。

子爵を継承してからの出来事の数々を思い出し、俺は大きく息を吐く。

トルーデント帝国軍の侵攻、難民問題、小麦の不作、流行り病によって領内の街は荒廃した。

しかし、何とか全ての問題を解決し、今は復興へと向かっている。

『ぱぴるす』の売れ行きも順調で、定期的に王宮から資金も入ってきている。

一時はかなり資金繰りが苦しかったが、今は比較的、経済的な余裕をもって領地運営できているんじゃないかな。まぁ、贅沢には程遠いけど。

ここからもっと気合いを入れて頑張らないと……そのためにも休憩が必要だよね？

のんびりしていると、いきなり扉が開いて、ドルーキンとカーマインの二人が部屋に入ってきた。

二人とも背中に箱を背負い、そこから伸びたホースを手に持っている。

カーマインはホースを構えて、眼鏡をキラリ光らせた。

「新発明の魔道具を持ってきたんだ。その名も『ズキューン』だ」

カーマインは自慢気に装置のスイッチを入れる。隣のドルーキンも同様だ。

するとホースから吹き出た突風が、部屋の中で荒れ狂った。

書類が散乱し、卓上の紅茶も零《こぼ》れている。

一瞬のうちにボロボロになった室内を見て、リリーがキレた。

「二人共、いい加減にしなさい！」

「すまぬ、悪気はなかったんだ」

「アクスに自慢したかっただけなんだ」

ドルーキンとカーマインは顔色を青くして、早々に部屋から逃げ出していく。

怒ったリリーは二人を追いかけて部屋を出ていった。

いつもの慌ただしい日常だ。

平和だなー。

荒された部屋の中でコハルと遊んでいると、扉が開いてオルバートが入ってきた。

「なんですか？　この惨状は？」

「ドルーキンとカーマインがさ……」

「ああ、魔道具でも持ってきましたか。あの二人はまったく……」

オルバートは俺がみなまで言わずとも何があったか察したようで、呆れた表情でため息をつく。

そして気を取り直したように、俺に向けて礼をした。

「コーネリウス伯爵が面会したいと邸に来ています。客室へ通しておりますが」

「会わないわけにいかないな。それにしても、何の用だろう？」

俺は首を傾げる。

コーネリウス伯爵は隣の領の領主だ。

領地が隣ということもあり、父上が存命の時は交友もあったようだけど……俺は面識がない。

客室へ行くと、コーネリウス伯爵はソファに座って優雅に紅茶を飲んでいた。

俺の姿を見て、伯爵は紅茶をテーブルに置いて立ち上がる。

「はじめまして。私はサイラス・コーネリウス伯爵だ」

「アクス・フレンハイム子爵です。よろしくお願いします」

「南部中に君の噂は広まっているよ。見事にトルーデント帝国軍を撤退させ、流行り病の被害を最小限で抑えたとね。それに、領内の景気がいいという噂もある。随分と色々な事業をして、経済がよく回っているそうじゃないか」

コーネリウス伯爵はソファに座り直してニッコリと微笑む。

噂というには詳しすぎるな。

コーネリウス伯爵が部下の諜報員に調査させたのだろうか？

俺がソファに座ると、コーネリウス伯爵は手をヒラヒラと振る。

「アクス君は子爵を継承したが、南部諸侯への挨拶が遅れているだろう？　流行り病のこともあって動きづらかったかもしれないが、どの領も病が落ち着いたところだ。ここは貴族の先達として、私が晩さん会を開催《かいさい》し、君のお披露目《ひろめ》を手助けしよう。その話をしたくて、今日は来たのだよ」

表向きは優しく言っているが要するに、南部諸侯への挨拶と貢物《みつぎもの》はどうした若輩者《じゃくはいもの》、といったところか。

俺が企画して皆を集めるから、お前は資金を出せ、という意味かな。

南部諸侯とは、南部地域に領地を持つ貴族達のことを指す。

南部地域は帝国と隣接していることもあり、エクムント辺境伯家を筆頭につながりが強い。父上もよく、会合とか行ってたっけ。

でも、うちの子爵家って、元々はエクムント辺境伯家に色々とお世話になってるんだよな。最近は挨拶にも行けてないから、そろそろ行かないといけないんだけど……

ともかく、そんなわけだから、コーネリウス伯爵の世話になる前に、先日代替わりしたばかりだけど、エクムント辺境伯にお伺いを立てるのが筋だろう。

俺はゆっくりと息を吸い、大きく息を吐いて、コーネリウス伯爵へ軽く頭を下げた。

「トルーデント帝国軍との戦いと流行り病により、領内は未だに復興の途中です。南部の皆様に挨拶が遅れていること、誠に申し訳ありません。ですが、代々お世話になっているエクムント辺境伯様を頼らず、コーネリウス伯爵に頼るのは筋違いと、他の貴族からも言われてしまうでしょう。お心遣いだけ感謝いたします」

「なんだと！　厚意を無下にするのか！」

「先ほども申した通り、フレンハイム子爵家は代々エクムント辺境伯家にお世話になっています。どうして不義理ができましょうか」

声を荒らげていたコーネリウス伯爵だったが、一つ咳払いをして平静を取り戻す。

「まあよい。我らは同じ南部の貴族ではないか。腹を割って話し合おう」

「どのような内容でございましょう？」

「今、王都の貴族の間で、『ぱぴるす』と呼ばれる高級紙が流行していてな。『ぱぴるす』は王宮が管理して専売している品なのだが、何か情報を持っていないか？　最近、似たような名前の村があるとも聞いたのだが……」

コーネリウス伯爵は体を前屈みにし、目を鋭く光らせる。

『ぱぴるす』は王宮が専売しているのだから、王宮の中でも使用され、貴族の目にも入っていることだろう。

当然話題になるわけで……いつかはフレンハイム子爵領が『ぱぴるす』の供給源と知られる可能性はあった。

だが、未だ確信は持たれていないようなので、俺はすました表情で目を細める。

「何分、若輩者ですので……お力になれなくて申し訳ありません」

「君が王都へ頻繁に足を運んでいるという噂もある。それに、君の領から王都へ定期的に荷が運ばれているというものもあるが……」

「確かに王都へは、子爵を拝命しに伺いましたが、それだけです。コーネリウス様がお持ちの情報以外、私も存じ上げません」

俺の言葉を聞いて、コーネリウス伯爵は無表情になる。

そしてソファから勢いよく立ち上がった。

「アクス君とは情報を共有できると思ったのだがな。もうすぐエクムント辺境伯の嫡子が正式に爵位を継承される。そうなれば晩さん会が催されるだろう。その時にはもっと教えてくれると嬉しい」

そう言葉を残して、コーネリウス伯爵はズカズカと部屋から去っていった。

あの口ぶりだと、やはり俺を疑っているようだ。

……まあ、パピルス村とか作ってるからバレてそうではあるけど。

なんにせよ、自分も交易に噛ませろと言いたかったんだろうな。

爵位に差があるし、けっこう無茶な行動をしてくるかもしれない。

俺はスイを呼び出し、コーネリウス伯爵の動向を探るように指示を出した。

◇　◆　◇

コーネリウス伯爵家が邸に訪れてから五日後、伯爵の動向を探っていたスイが戻ってきた。

スイの報告では、彼は冒険者を幾人も雇い、フレンハイム子爵家領に放っていたという。

やはりコーネリウス伯爵は、フレンハイム子爵家領で『ぱぴるす』が生産されている確信を持っていたようだ。

今はもう既に領都から去って自領に戻っている最中らしいが、かなり苛立っているそうだ。

片膝をついたまま、スイは無表情で俺を見る。

「冒険者を殺すでござるか？　それともコーネリウス伯爵を？」

いきなり物騒なことを言い出したな！

「いや、伯爵を殺すのはさすがにマズイ。冒険者達を殺しても、新しく冒険者を雇うだけだろうし、そっちを殺すのもやめよう」

『ぱぴるす』の販売は王宮が関わっている。もし無理に関わろうとして、『ぱぴるす』の生産や運搬を邪魔することになれば、王宮に楯突《たてつ》くことになる。

仮に、俺達が関わっていることを確信したとしても、そのようなバカげたことは、さすがのコーネリウス伯爵でもやらないだろう。

そう考えた俺は、冒険者達の行動を放置することに決めた。

ふと気が付くと、スイがじっと俺を見ている。

いつも報告が終われば、すぐに姿を消すというのに、どうしたんだろうか。

妙に感じた俺は首を傾げた。

「何だ？　まだ報告があるのか？」

「違うでござる。流行り病の時の約束をお忘れでござるか？」

……そういえば約束したような……

隣領に流行り病の調査に行ってもらった時、何でも一つ、願いを叶えると言ったような気がする。

すっかり忘れてた。

俺は気まずくなり、一つ咳をする。

「何か俺に叶えてほしいことでもあるのか？　俺のできる範囲でなら構わないけど」

「スイーツが食べたいでござる。領都に戻ってきてからスイーツを食べていないでござる」

そう言えばスイは甘いものが大好きだったな。

以前にも、願いを叶えると言った時、王都のスイーツ食べ歩きをしたいと言ったよな。

それぐらいは簡単……と言いたいが、領都にあるスイーツといえばクッキーなどの焼き菓子程度。

ケーキ屋なんてものはない。

俺は眉間に皺を寄せて、胸の前で両腕を組む。

「自分達でケーキでも作るか？」

「それはいいでござるな！」

スイは嬉しそうに両手を上にあげて喜ぶ。

リリー、エルナの二人がよくお菓子作りをしてたし、手伝ってもらおう。

スイに二人を呼びに行ってもらい、俺は食堂の厨房へと向かう。

厨房で待っていると、スイ、リリー、エルナの三人が現れた。

エルナは嬉しそうに目を輝かせる。

「アクスがケーキを作るんですって？」

「ああ、バタークリームケーキを作ってみようと思ってね」

最近、美味しいバターが手に入ったと聞いたからな。作り方は前世の記憶にある。

「初めて聞きました、美味しそうです」

リリーは楽しそうに両手を握りしめた。

俺は皆に作り方を指示しながら、自分でも作業をしていく。

俺とスイがスポンジ作り、エルナとリリーがバタークリーム作りだ。

まずはスポンジの生地作り。卵、砂糖《さとう》、ふるった小麦粉、牛乳、溶かしたバターを混ぜていく。

今回は四角いケーキにしたいので、適当な型に流し込んでいく。

トントンと机に軽く落とすのが、気泡を抜くコツだとかなんとか……あとはオーブンで焼くだけだな。

エルナとリリーのほうを見ると、順調に進んでいるようだ。

まずは小鍋《こなべ》に水と砂糖を入れて加熱し、沸騰《ふっとう》したら火からおろす。

その間に、卵と砂糖を混ぜ合わせておき、冷めた小鍋の中身を入れ、さらに泡立てる。

バターも白っぽくなるまで混ぜておいて、これらの二つをあわせて、クリーム状になるまで泡立てれば、バタークリームの出来上がり。

二人ともお菓子作りが得意なので、すっかり慣れた様子で、特にリリーはとてもスムーズに作っていた。

ちょうどスポンジも焼き上がったので、オーブンから出して粗熱《あらねつ》をとっておく。

ある程度冷めたところでカットして、クリームとカットフルーツを盛りつければ完成だ。

俺は作り終えたバタークリームケーキを四つに切り分けて、各々の皿の上に置いた。

「できたぞ。食べよう」

「バターの味が濃厚で、美味しいわ」

「甘いですね！」

「フワフワでござる」

エルナ、リリー、スイの三人は、バタークリームケーキを口の中へ入れて歓喜の声を上げる。

バターの味が濃くて、昔ながらのケーキって感じだ。それに、皆で作ったこともあって、最高に美味しく感じる。

元々はスイへのご褒美のつもりだったけど、俺を含めた全員へのご褒美になったな。

皆が笑顔になるなら、たまにケーキを作ってもいいだろう。

◇　◆　◇

ケーキ作りの翌日。

執務室でソファに寝転び、コハルの背中をモフモフしていると、オルバートが部屋に入ってきた。

「エクムント辺境伯家から封書が届いています」

オルバートは懐から封書を取り出して、机の上に置く。

俺はテーブルにあったペーパーナイフで封を切り、内容を確認する。

「エクムント辺境伯のレイモンドが、王都で爵位を正式に継承したとさ。二ケ月後くらいに、晩さん会を開くんだと。これは参加するしかないよな」

俺はソファに深く座り、頭の後ろで手を組む。

「南部諸侯が全員集まるんだろうなー。貴族の集まりってイヤなんだけど」

「今はアクス様が当主なのですから、参加しておく必要があります。レイモンド様はアクス様と同じ十六歳だそうですよ。立場こそ違えど、仲良くなれるのでは？」

「絶対にイヤだ。俺は自領さえ守れたらいいの。余計な勢力争いに巻き込まれたくない」

レイモンドは流行り病のドタバタの中で急に爵位を継ぐことになり、病が落ち着いたことでようやく王都で正式に爵位を認められた。

実質的な就任以来、やはり若いこともあってか、南部諸侯の勢力図が変わりつつある……というのが、冒険者達の見立てだとジェシカが教えてくれたっけ。

直接的に取って代わろうとする者もいるだろうし、レイモンドを利用しようとする者もいるだろう。

そんなドロドロした争いに巻き込まれるのは勘弁だ。

俺の気持ちを察したのか、オルバートは頷く。

「晩さん会ではまだ日数があります。ゆっくりで構いませんので、準備は進めておいてください」

それだけ言うとオルバートは部屋を出ていった。

俺はうんざりしながらコハルを撫でる。

「お前のモフモフだけが、俺の癒しだよ」

「ワフ、ワフン」

各街の外壁や砦の修復は、既に完了している。

今年は小麦の収穫量も例年通りに戻る見立てだという。

帝国……というかウラレント侯爵による侵攻も、少なくともあと二年くらいはない。

せっかく平穏な日々を過ごせてるんだ。

貴族社会の問題事なんて勘弁だよ。


封書が届いてから二十日後、そろそろ本格的にエクムント辺境伯領へ出発する準備をしないとなと思いつつ、俺は庭でコハルと一緒に、エルナとジェシカが剣術の稽古《けいこ》をしているのを眺めていた。

するとその時、兵の一人がジェシカに走り寄ってくる。

そしてその兵から耳打ちされたジェシカの表情が変わった。

「どうしたんだ？　緊急の報せか？」

「ああ。エクムント辺境伯領に、トルーデント帝国軍が攻め込んだ。ザカリア砦で両軍が戦闘に入ったらしい。辺境伯軍だけで対応する予定だそうだが、状況次第では援軍要請が来るかもしれない。いずれにしても晩さん会は中止だな」

「何⁉　帝国とは休戦協定を……いや、あれは侯爵家と子爵家の間の約束ってだけか」

俺が目を見開くと、エルナが駆け寄ってくる。

「私の父の軍が動くはずがないわ。いったい誰の軍が動いたのかしら？」

「分からない。情報が少なすぎるからな……とにかく今は、辺境伯家からの次の報せを待つしかない」

俺の言葉にエルナは唇を噛みしめた。

トルーデント帝国は軍事国家だけあって、リンバインズ王国内へ多くの諜報員を忍ばせているはず。

トルーデント帝国はエクムント辺境伯領が安定しきっていない今のうちに、叩いておくつもりなのだろう。

俺は苦々しい表情になる。

トルーデント帝国とリンバインズ王国の南部は、非常に広い範囲で国境を接している。

その中でも、エクムント辺境伯が担う国境線は長い。

万が一にも辺境伯が敗れることになれば、国境線が大きく変わることになりかねない。

俺はジェシカへ向けて指を差す。

「いつでも援軍に出られるように、装備を整えて待機してくれ」

「ああ。私がみっちりと鍛えた兵達だ。敵に後れを取ることはないから安心しな」

そう言ってジェシカは屯所へと走っていった。


執務室へ戻った俺は、椅子に座って目を閉じる。

今のフレンハイム子爵領にいる兵の数は警備隊まで合わせると、総数約千二百。

そのうち半数は、領内の街々に配置されている。

もし戦に行くなら、連れていける兵の数は五百ほどか。

今回は他領での戦いだし、前回のような策は使えない。

となると、白兵戦に参加しないといけなくなる可能性が高い。

もしかすると、命を落とすかもしれない。

そう考えると体に寒気が走る。

自分が死ぬのもイヤだし、俺の命令で兵達が死ぬのもイヤだ。

俺は徹夜で執務室にこもり、色々と思案を巡らせた。

そして次の日の昼に、カーマインとドルーキンを執務室に呼び寄せた。

俺はテーブルの上に置いてある数枚の紙を二人に手渡す。

「こいつらは俺の考えた武器だ。二人には大至急で作ってもらいたい」

「この六角形のものは盾か？　……連結すると大盾にもなるのか。これは面白いぞい」

ドルーキンは描かれた図を見ながら鼻息を荒くする。

カーマインは眉間に皺を寄せて、難しい表情をする。

「これは『ズキューン』から小さな鉄球が飛び出す仕組みだな。これなら『ズキューン』に手を加えるだけですぐに作れそうだ」

二人が今言ったもの以外にも、いくつも武器を考えてある。

ドルーキンとカーマインは俺に質問しながら、一つ一つのアイデア武器について確認していく。

そしてドルーキンはニヤリと笑い、両腕に力こぶを作った。

「わしら二人に任せておれ。急いで作ってやるわい」

あとは時間との勝負だな。


ザカリア砦で戦が始まったという連絡から一ヶ月後、邸へ早馬が走り込んできた。

伝令の兵士が俺に面会を求めているという。

急いで邸の玄関へ行くと、兵士が片膝をついて待っていた。

「俺がフレンハイム子爵だ」

「先日のトルーデント帝国軍の侵攻以来、戦況が膠着《こうちゃく》しております。そのため、エクムント辺境伯様は南部大連合軍の編制を命じられました。子爵軍も、至急合流するようにとのことです」

「分かった。応じると伝えてくれ」

兵士は俺の承諾を聞き、馬に乗って去っていった。

俺は執務室へ戻って、オルバート、ジェシカ、カーマイン、ドルーキンの四人を呼ぶ。

全員が揃ったことを確認して、南部大連合軍の招集がかかったことを皆に告げた。

そしてジェシカへ顔を向ける。

「俺が軍全体の指揮を執る。ジェシカとハミルトンの二人は、俺の副官として同行してもらう」

「この一ヶ月、新しい戦術も試していたからな。任せておけ」

ジェシカは余裕の表情でニヤリと笑う。

次に俺は、カーマインとドルーキンの二人へ視線を移した。

「ドルーキンは工兵部隊の指揮を。副官にカーマイン」

「任せておけい。戦場をアイデア武器の実験場にしてやるぞい」

ドルーキンとカーマインは、既に俺のアイデア武器を大量に作り終えている。

そして二人から戦に同行してアイデア武器の成果を確認したいと申し出があり、亜人、獣人を中心に工兵部隊を組織したのだ。

俺は深く頷き、オルバートの前に立つ。

「オルバートには領主代行を。いつも苦労をかけてすまない。今ここにはいないが、ボルドとセバスと連携して領地を守ってくれ。リリーとエルナのことも頼む」

「分かっています。武運をお祈りしております」

「まあ手柄は立てられそうにないけどね。俺は死なないように逃げ回るつもりだから」

俺の言葉を聞いて、オルバートは穏やかに微笑む。

「アクス様はそれでいいのです。死なずに帰ってきてください」

俺は天井に向かって声を上げる。

「スイ、お前もついてこいよ」

「御意」

天井裏からスイの小さな声が聞こえた。

翌日の早朝、俺は兵達を引き連れ、フレンハイム子爵軍として領都を出発した。

◇◆◇

一ヶ月弱の行軍の後に、俺達はエクムント辺境伯領のトルーデント帝国との国境近郊の街ゲラントへ到着した。

行軍の途中、つい先週に最前線のザカリア砦が落とされたということで、この街で合流するようにと伝令があったのだ。

砦を落とされた後の戦況はどうなのかと思っていたのだが……どうやら敵軍は砦で態勢を整えて

いるらしく、またこちらの軍も集まっていることで、膠着状態にあるらしい。

ゲラントの近くには、既に南部諸侯が集結しており、外壁の外には各貴族の軍ごとに陣が敷かれている。

俺達の軍は、貴族達の陣から少し離れた所に陣取った。

天幕の中で夜食をとっていると、一人の兵士が訪れた。

「南部大連合軍はこれより軍議を開始いたします。フレンハイム子爵もご参加ください」

「分かった。用意ができ次第うかがおう」

兵士は礼をすると天幕を去っていった。

俺はジェシカとハミルトンを同伴して、エクムント辺境伯の天幕へ向かう。

中に入ると、既に他の貴族達は集まっており、コーネリウス伯爵の姿もあった。

俺は爵位が低いので一番出入口に近い席に座る。

皆の中央に座っている、少し幼さの残る男性が椅子から立ち上がる。

「まずは諸侯の方々、集まっていただき感謝いたします。ほとんどの方はご存じだと思いますが、私がレイモンド・エクムントです。先日、帝国のベンヤミン伯爵軍が、我がザカリア砦を攻撃いたしました。戦況が長く膠着していたこともあり、状況打破のため、今回の南部連合をお声掛けしたのですが……帝国軍の増援のほうが早く、ザカリア砦は陥落いたしました。帝国はこの勢いのまま、辺境伯領、ひいては王国南部地域に攻め込んでくることになります。帝国軍を止めるため、力を貸していただきたい」

　すると恰幅《かっぷく》のいい、豪華な鎧を着た男が、胸を張って声を発する。

「まずは先鋒《せんぽう》を誰の軍にするかですな。先鋒の働き次第で戦の優劣が決まるもの。これは重要ですぞ」

「それは由緒正しい血統、武勇の誉れが高いハラデテール伯爵をおいて、他におりますまい」

「そうであるな。我がハラデテール家は、代々その武勇でもってリンバインズ王国を支えてきた。僭越ながら、先鋒を務めさせていただきますぞ」

　恰幅のいい男と、腰の低い男が二人でペラペラとしゃべっている。

　何なんだ、この茶番劇は。

　呆れていると、後ろに立っているハミルトンが小声で呟く。

「太った方はハラデテール伯爵、強欲で知られる男です。細い男はコビヘラート男爵、ハラデテール伯爵とは懇意にしているようです」

　だからハラデテール伯爵を持ち上げているのか。

　次々に諸侯達は勝手に発言し、勝手に戦の持ち場を決めていく。作戦も何もない。あ、コーネリウス伯爵もいるな。

　それを黙って聞いていたエクムント辺境伯が、両手を広げる。

「諸侯はどなたも武勇に優れた方々ばかり。このままでも敵軍を蹴散らせること間違いないと存じますが、ここで策を練れば、敵軍を根絶やしにすることも容易いでしょう」

「何を言われる。トルーデント帝国軍など、我ら南部諸侯が集結すれば、策などなくてもハエも同然。何を恐れることがありましょうか」

うーん、どうやらエクムント辺境伯は、諸侯に舐められているようだ。

これじゃあ、まともに作戦を練る軍議なんて無理だな。

このままじゃ負けそうだけど大丈夫なのかなーなんて考えていると、エクムント辺境伯と目が合った。

するとエクムント辺境伯はニヤリと笑い、俺のほうを指差す。

「皆様、お聞きください。つい一年ほど前、私と同様に父を失い、爵位を継承された方がおります。私は、この戦でフレンハイム子爵に手柄を立てていただきたいと考えております」

「おお、さすがはエクムント辺境伯様。なんと高貴なお心遣い。フレンハイム子爵も喜ぶことであろう。グレンハイム子爵よ、わが軍と共に先鋒として戦おうぞ」

ハラデテール伯爵は、出っ張った腹をパンパンと叩いてご満悦だ。

何の意図があるかは知らないが……エクムント辺境伯め、俺を一番の死地へ放り込みやがったな。

軍議が閉会し、それぞれに解散していく中、俺は椅子に座ったまま、腕を組んでいた。

するとエクムント辺境伯がまっすぐに俺のほうへと歩いてくる。

「お初にお目にかかります。この度、父の爵位を継承したレイモンド・エクムント辺境伯です。以後、お見知りおきを」

「アクス・フレンハイム子爵です。よろしくお願いいたします……ですが、さっきのは何ですか？人を戦場のど真ん中へぶち込むようなことを仰っていましたが」

俺が文句を口にすると、エクムント辺境伯はニッコリと微笑む。

「王宮で爵位を継承した時、フォルステル国王陛下とベヒトハイム宰相のお二人に言われたのです。私が年若く経験も少ないため、南部諸侯に舐められるだろうと」

国王陛下と宰相は予想していたわけか。

俺が頷くと、エクムント辺境伯は続きを話し始めた。

「そしてお二方はこうも言われました。フレンハイム子爵は私と同じ年齢でありながら、斬新《ざんしん》な発想を持つ知恵者。困ったことがあれば、フレンハイム子爵に相談せよと」

フォルステル国王陛下とベヒトハイム宰相の入れ知恵か。

あの二人が言ったのなら仕方がない。

俺は体の力を抜いて、肩を竦めた。

「それで、俺に何をさせたいんですか？」

「この戦で勝てる策をください。私はこの戦で勝利し、辺境伯に足る実力を持っていると、周囲に認めさせなければなりません。どうかお力をお貸しください」

このまま戦で負ければ、南部諸侯はおろか、領内の庶民達にもバカにされてしまう。

エクムント辺境伯の気持ちはよく理解できる。

俺はニヤリと笑みを浮かべる。

「もちろん、知恵を貸してもいいでしょう……ですがそれは、辺境伯様にではありません」

俺はそこで言葉を一度切る。

「レイモンド個人へ。そのつもりでいる。これからは俺をアクスと呼んでいい。俺はレイモンドと呼ぶから」

その言葉を聞いたハミルトンは、慌てたように声を上げる。

「ちょ、アクス様！　相手は辺境伯ですよ。不敬罪に当たります」

しかしレイモンドは首を横に振った。

「それでいいです。私のことはレイモンドと呼んでください。幼い頃から、年の近い友達がいなかったから、すごく嬉しいです。アクス、これからもよろしく」

レイモンドは無垢《むく》な笑顔で喜んでいた。

「さて、それじゃあ作戦について話そうか」

俺がそう言うと、レイモンドは俺の対面へ椅子を運び、それに座る。

ここから先は、俺達だけで話す必要がある。

俺はレイモンドに言って、ジェシカやハミルトンはもちろん、その他に天幕の中で働いていた者達を人払いさせる。

まあ、スイは天幕内のどこかに隠れているだろうけど。

そうして誰もいなくなったところで、俺とレイモンドは、辺境伯領の地図を広げて相談を始めた。

まず、レイモンドに問う。

「諸侯達は今のままでもトルーデント帝国軍に勝てると考えているようだが、レイモンドはどう思う」

「厳しい戦いになるでしょうね。こちらも兵は集まったとはいえ、皆さんはそれぞれに戦おうとしている。相手は砦を落として勢いづいていますから、戦略も戦術もなく、個人の武に頼るのは危険だと感じます」

レイモンドの指摘に俺も頷く。

戦略とは勝利を達成するための大局的、長期的な構想や指針。戦術はそれを実現するための具体的な方法だ。

どちらも大事だが、今はどちらも欠けている。

俺は考えていることを素直に伝える。

「今の状態じゃ、諸侯は俺達の指示を聞かないだろうな。皆、自分達の戦法が正しいと言い張るだけだし」

「ではどうしますか？」

「少しは自分で考えろよ」

俺がジト目を向けると、レイモンドは体を小さくする。

俺はじっと地図を見て指差す。

「まず戦略を考える上で重要なのは土地だ。地の利を上手く利用できれば、戦いを有利に進めることができる」

「なるほど……例えば広い草原では騎兵が有利。狭い場所では重歩兵が有利ということですね」

なかなか物分かりがいいじゃないか。

俺は気分がよくなり、話を続ける。

「次に重要なのは状況を利用することだ。例えば、季節や天候だな。時間帯などもある。今の時期なら、急な豪雨《ごうう》があったりするし、日が出てる時間が長くて夜が短い……とかな」

「なるほど……」

俺とレイモンドは一つ一つを吟味《ぎんみ》するように確認し、戦略になりそうなヒントを話し合う。

そして二人きりでの話し合いは続き、夜遅くに一つの戦略が練り上がった。

レイモンドは満足そうに微笑む。

「アクスに相談してよかったです。フォルステル国王陛下とベヒトハイム宰相が言われたことは本当でしたね」

「褒《ほ》めるのは戦に勝った後でいい」

俺はエクムント辺境伯の天幕を出て、自分達の天幕へと戻った。

そしてジェシカ、ハミルトン、カーマイン、ドルーキンの四人を集め、レイモンドと話し合って決めた戦略を伝える。

それを聞いたドルーキンは、腹を抱えて笑い出した。

「ワハハハ、アクスらしい戦略だ。工兵部隊はさっそく、準備に取りかかるとしよう」

「その発想はなかったよ。上手く行けば面白いものが見られそうだな」

カーマインはニヤニヤと微笑んで、ドルーキンと一緒に天幕を出ていった。

一方でハミルトンは、表情を厳しくして、大きく息を吐く。

「この戦略って、後から諸侯達に叱責を受けませんか？」

「要は勝てばいいんだよ。アタシ達はアクスの言う通りに実行するだけさ」

ハミルトンの肩へジェシカは自分の腕を回し、二人も天幕を去っていった。

よしよし、皆やる気はあるみたいだし、あとは開戦を待つだけだな。

◇　◆　◇

それから一週間後、帝国軍が砦を出立しようとしているという情報が入ってきた。

それと同時に、トルーデント帝国軍の使者が、南部大連合軍の陣を訪れた。

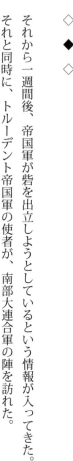

何かと思えば降伏勧告を突きつけてきたので、当然レイモンドは拒否。

使者が出ていってすぐ、俺達も出陣の準備を始める。

俺達の予定では、戦場となるのはゲラントとザカリア砦のちょうど中間にあるタビタ平原。

ここから軍を動かせば、三日ほどで着くだろう。

敵軍は、使者が戻り次第出陣するだろうから、先に俺達が戦場に着いて陣を構えておく予定だ。

北側に陣を張る俺達、南部大連合軍の兵の総数は約二万五千人。

対する南側に陣を張ることになるトルーデント帝国軍の兵数は、約三万人という話だった。

やや向こうのほうが兵数は多いが、地の利はこちらにある。

絶対に勝つぞ！

◇◆◇

そうして迎えた、開戦の当日。

俺は馬に乗り、敵兵を見据える。

この数日、ハラデテール伯爵と話した俺は、先鋒の一番槍ではなく、伯爵軍のやや後ろで、遊軍的なかたちで配置されることになった。

俺の兵は数が少ないし、伯爵もああは言ったものの自分の軍に活躍させたいからな。喜んで受け入れてくれた。

俺は副官として隣にいるハミルトンと目を合わせ、頷き合う。準備はばっちりだ。

開戦の合図である太鼓《たいこ》の音が草原に鳴り響き、兵士達が怒号を上げる。

先鋒であるハラデテール伯爵軍が敵の本陣へ向けて動き始めた。

それと同時に、右翼《うよく》と左翼に展開する、南部諸侯の軍も動き始める。

「さて、そろそろ敵軍とぶち当たるな。お手並み拝見といこうか」

そしてすぐに、タビタ平原の中央で、トルーデント帝国と南部大連合軍がぶつかった。

先鋒のハラデテール伯爵軍と敵軍は、定石の通りに弓による攻撃のあと、長槍部隊が突撃していった。

そこへ歩兵が突っ込んでいき、あっという間に乱戦になる。

白兵戦というのは、体力の消耗《しょうもう》が激しい。

小説や漫画《まんが》のように無制限に戦い続けるのは無理だ。

一時間もすると、ハラデテール伯爵軍が押され始めた。

ハラデテール伯爵と副官のコビヘラート男爵は必死に指揮しているが、前線は後退していく。

一方で右翼は調子がよく、コーネリウス伯爵の率いる騎馬隊が、敵軍を翻弄《ほんろう》していた。

左翼は膠着状態のようだ。

本陣で指揮を取るレイモンドは動かず、静観の構えだった。

そして俺達フレンハイム子爵軍は、ハラデテール伯爵軍の真後ろにいることもあり、抜けてきたわずかな敵軍と相対することになる。

俺の周囲を守っているのは、例の六角の盾を持つ守備隊六十名だ。

フレンハイム子爵軍では、十人一組で小隊を作ることにしている。

その内の六名が、六角盾を持って防御に当たり、その隙に残りの四人が敵を攻撃する連携になっていた。

六角の盾は、連結することで大盾になる。

その大盾で守っているうちに、一人が敵兵の足元へ『クーモ（改）』を投げ入れた。

これはカーマインが王都で作っていたクモ型魔道具を改良したもの……といっても、より俊敏《しゅんびん》に動くようにしただけだけど。ちなみにカーマインは、最低限の魔道具のメンテナンスをしたあと、ゲラントで待機してもらっている。

とはいえ、そんなことを知らない敵兵は、突然足元に投げ込まれた『クーモ（改）』を警戒して、動きを止める。

その隙に、攻撃担当が鉄剣を振るって敵兵を倒していく。

そして、攻撃はそれだけではない。

敵の勢いが止まったところを目掛けて、『ズキューン（改）』を背負った部隊が、鉄玉を浴びせた。

『ズキューン（改）』は、ホースから吹き出る突風を利用して、パチンコ玉ほどの鉄玉を飛ばす武器だ。

殺傷能力は低く、端的に言ってウザいだけだが、鎧のない顔や体当たると非常に痛い。イメージとしては、まさにパチンコの散弾バージョンみたいなものだ。

『ズキューン（改）』の攻撃を受けた敵兵が怯《ひる》んでいるところに、ハミルトン率いる攻撃部隊が突っ込んで、斬り伏せていった。

もちろん、その小隊の隙間を抜けて、俺に狙いを定めてくる敵兵もいる。

しかしそのほとんどは、俺の護衛を務めるスイによって屍《しかばね》となった。

乱戦の中、隙を窺《うかが》ってハミルトンが俺の隣まで走ってきて、呆れた表情を浮かべる。

「よく、あんな武器を作りましたね」

「はは、イヤがらせを考えるのは得意だからな」

俺は馬の背から、味方兵に見えるように手をかかげる。

「少しずつ後退。陣形を守りながら後退だ」

フレンハイム子爵軍が後退を始めると、本陣のエクムント辺境伯も後退を始めた。

トルーデント帝国はこの後退を勝機と見たのだろう、果敢《かかん》に攻め込んでくる。

戦場はタビタ平原の中央から、北側へと移っていった。

タビタ平原は北東と北西に、ちょっとした森がある。その森と森の間隔は、北に向かうにつれて狭くなっているのだが、そこへ押し込まれていく……と敵軍から見えるように、じりじりと下がっていた。

中央の俺達が下がったことで、右翼と左翼、そして中央の前線にいたハラデテール伯爵らの軍も下がっていく。

森があることでどんどん左右の幅が狭くなっていくので、俺達はもはや右翼左翼関係なく、一丸となっていた。

そしてそれは、敵軍も同じだ。

もはや陣形は関係なく、敵はじりじり下がる俺達を追って、深入りしてくる。

そしてある程度の地点まで下がった俺は、俺はハミルトンに旗を振らせた。

すると後方のエクムント辺境伯軍から、ラッパの音が響き渡る。

このラッパは、反転攻勢に出る合図だ。

俺は敵に剣を向け、大声を張り上げる。

「これより攻勢へ移る！　守備部隊は六角盾の陣形を崩すな。攻撃部隊は確実に敵を屠れ」

その言葉と同時に、森に伏せていたエクムント辺境伯軍の別動隊が現れ、間延びした敵軍に横合いから矢の雨を浴びせた。

これで敵の前線はだいぶ削れたな。

敵が混乱しているうちに、俺は周囲を確認する。

ハラデテール伯爵軍も、右翼にいた軍も、左翼にいた軍も、かなり入り乱れていた。

だいぶボロボロだが、皆戦意に満ちている。

そしてそのまま、南部大連合軍の兵達は、敵軍へと突っ込んでいった。

これこそが、俺達が考えた作戦だった。

両側に伏兵を隠せる狭い戦場まで敵を誘い込み、こちらは後方に本陣を守りながら、敵軍が間延びするまで下がっていく。

そして機を見て横合いから奇襲をかけ、動揺した敵軍に反転攻勢をかける……というものだ。

実は諸侯には、いざという時の備えとして、辺境伯軍が森に兵を置くことを共有はしていた。

そのため、勘のいい……というかそれなりに戦の経験がある諸侯は、俺達が何を狙っているのか、察していたようだ。

もちろん察していない者もいただろうが、協力的な諸侯がそれとなく誘導してくれたおかげで、無事に作戦は成功し、敵を大幅に減らすことができた。

ただ実は、狙っていたのはそれだけではない。

そもそも味方の貴族達が、個人の武功を求めて暴走する懸念があった。

しかしこうして、諸侯の各軍をある程度入り乱らせることで、功を焦って単独行動を起こす……

というのを防ぐことができるのだ。

まあ、伏兵の功績が大きいだとか、前線で耐えたほうが偉いだとか、色々と論争が起こるだろうが……そこはレイモンドに上手くまとめてもらおう。

ともかく、これで敵軍の前線はガタガタだ。南部大連合軍の兵士の士気も高く、あっという間に罠にかかった敵軍に襲いかかっていく。

とはいえ敵軍もこれ以上はやられまいと、必死で戦っていて、まさに乱戦といった様子だ。

そしてこの作戦でもう一つ狙っていたことがある。

それは、敵軍が調子に乗って前線に兵を送り、敵の指揮官がいる本陣が手薄になる……ということだ。

ここから見る限り、さすがに本陣が丸裸《まるはだか》とはいかないが、前線で奇襲を受けたと察して、かなりの兵がこちらに向かってきていた。さらに本陣も、こちらへ向かって進軍してきている。

あの兵数なら、もう一つの作戦も成功しそうだ。

頃合いを見計らって、俺はハミルトンへ視線を向ける。

それに気付いた彼は、空へ向けて弓を構えて、火薬玉をつけた矢を放った。

矢は空高く飛ぶと、空中で爆発する。

これは森の中で待機しているジェシカの隊に向けての合図だ。

今頃はジェシカの部隊は、森に隠しておいた新武器の戦車三十台を引っ張り出し、敵の本隊に向かっているはずだ。

この戦車は車輪の部分に外側に向かって鉄製の六角錐《ろっかくすい》が取りつけられていて、馬車が通った時、横にいた者を攻撃できるようになっている。

さらに戦車の上にも、槍兵、弓兵を配置しているので、高い攻撃性能を誇っているのだ。

戦車部隊はジェシカの指揮によって、トルーデント帝国軍を切り裂いて、敵軍の本陣を目指す。

そしてそれと同時に、先ほどまで戦場になっていた平原の中ほどの地面に、いくつもの穴が開いて、ドワーフ達――ドルーキンの部隊が顔を出した。

実は彼らには、事前に地中に通路を作らせて、そこに隠れてもらっていたのだ。

ドワーフだからこそ作れる頑丈な地下通路は、上で戦が起こっていても、潰れることはない。

作戦通りに進んでジェシカの戦車隊が出陣したら、ドルーキン部隊も地上に出ることになっていた。

そして今、ドルーキン達は予定通り、地中から飛び出し、戦車隊と共に敵の本陣へと突っ込んでいった。

前線で俺達と戦っている敵軍はそれに気付いて引き返そうとするが、状況がそれを許さない。

そしてジェシカ達が突っ込んでしばらくすると、トルーデント帝国軍の本陣から太鼓の音が鳴り響いた。

これは停戦の合図だ。

ジェシカとドルーキンの部隊が、敵の本陣を潰した合図でもある。

その音を聞いた両陣営は、戦いの手を止める。

俺は馬上で大きく息を吐いて、夕暮れが近づいてきた空を眺める。

これで戦は終わったな。

こんなに疲れること、二度とやりたくない。

◇　◆　◇

その後、俺達は生き残った敵兵を囲んで捕虜として、停戦の手続きへと移ることになった。

帝国側は本陣にいた総大将はじめ指揮官クラスの者達が全滅したので、前線に出ていた将軍の一人が代表となり、協定を結ぶことになる。

敵の損耗はかなり激しく、停戦とは言っているが、こちらの勝ちと言っていいだろう。

とはいえ細かいことは翌日ということで、俺達は平原に陣を敷き直した。

その夜、南部諸侯はエクムント辺境伯の天幕へと集まった。

無事に作戦が成功してよかったと歓談していると、ハラデテール伯爵が腹をさすりながら、唾を飛ばす。

「エクムント辺境伯が本陣を後退させた時は焦りましたぞ。もう少し耐えてくれていたら、我が軍が敵将の首級を挙げたものを。残念でなりません」

「さすがはハラデテール伯爵、しかしチャンスを逃しましたな。とはいえ先鋒を任ぜられ、獅子《しし》奮《ふん》迅《じん》の活躍。益々、ハラデテール伯爵の武勇が広まることでしょう」

伯爵に同意するように、コビヘラート男爵が愛想笑いを浮かべ、両手を握り締める。

二人は何を言ってるんだ？

レイモンドが本陣を後退させる前に、伯爵の軍はほとんど瓦解《がかい》していただろ。

というかこの二人も、森の伏兵について聞かされてたはずだけど、こちらの作戦の意図に気付けなかったのか。

ちなみに他の諸侯達からも、本陣が退いたことについての話は出るが、戦に勝っているので、激しい苦情は出なかった。

しかしハラデテール伯爵は、ジロリと目を細めて俺を見る。

「本陣が退くのはともかく、フレンハイム子爵の軍が退くのは遺憾《いかん》であったな。後ろが後退したのでは、先鋒である我が軍が敵陣で孤立してしまう。やむなく撤退したが、あの場で戦闘を続けていれば、一番の功を得られたものを……何とも口惜しい」

「経験の浅い若輩者ゆえ、怖気づいたのでございましょう。自分は後方に下がり、しかも自軍だけは敵本陣を狙う別動隊を用意しておくとは……よほど功が欲しかったのでしょうな。浅ましいことです」

コビヘラート男爵は軽蔑《けいべつ》するに言葉を吐き捨てる。

まあ実際、ジェシカとドルーキンの部隊については、諸侯に話してなかったしな。

俺が何も言わずに座っていると、レイモンドが椅子から立ち上がった。

「フレンハイム子爵が下がったのは、私が本陣を後退させたがゆえです。その件については私に責があります。そしてフレンハイム子爵が森の中に伏兵を置いていた件ですが、その策の立案者は私です」

その言葉に、諸侯達は彼を見据える。

レイモンドは、その視線を気にせずに話を続けた。

「最後の一押しが足りず、敵本隊を逃す可能性がある。かといって私の別動隊は、前線での戦いに集中させる必要がある。そのため、フレンハイム子爵の軍に頼ってしまったのです。皆様に言わずに策を実行したこと、誠に申し訳ありません」

そう言うと、レイモンドは深々と頭を下げた。

しばらくすると、ハラデテール伯爵が笑顔で拍手をする。

「さすがはエクムント辺境伯。万一を考えての奇策。実に見事であります。それでこそ総大将の器ですな。これで王国南部も安泰《あんたい》というもの。しかし、できれば我に相談していただきたかった。さすればもっといい策を伝授いたしたものを」

「まだまだ若輩者ですので、ご教授願えればと存じます」

レイモンドはペコリと礼をして、朗《ほが》らかな笑みを浮かべる。

そのやりとりをきっかけに、天幕の中の雰囲気が一気に和らいだ。

なるほど、レイモンドは諸侯に舐められているように見えたが、こうしてコントロールするのは上手いな。

これなら、問題なく南部諸侯をまとめられるかもしれない。

しかし、今回の作戦が上手くいってよかったよ。

もし、総大将の首を諸侯の誰かが取っていたら、自分こそが南部諸侯のトップにふさわしいと主張していたことだろう。

そうなれば、今は先代エクムント辺境伯のおかげでギリギリ保たれている南部諸侯の連帯が崩れ、南部地域が内紛のような状態になるかもしれなかった。

しかし、レイモンドの策で俺が動いたことにすれば、彼の株が上がることになる。

かわりに俺が悪目立ちするのは、覚悟の上だった……まあ、敵軍の総大将や幹部を壊滅させて、南部諸侯の手柄まで奪ったのは計算違いだけどね。

それから諸侯達は談笑していたが、一時間ほどすると、それぞれに自らの陣へと戻っていった。

他に誰もいなくなった天幕の中で、俺、レイモンド、ジェシカ、ハミルトンの四人は囲むようにして椅子に座る。

俺はゆっくりとジェシカへ顔を向ける。

「それじゃあ改めてレイモンドの前で、敵軍の陣での顛末を詳細に教えてくれないか？」

「ああ。アタシ達の部隊が戦車で敵の本隊へ突入して、ドルーキンの部隊も少し遅れて敵陣とへ突っ込んだのさ。それからは戦車部隊の機動力を活かして、指揮官達の部隊まで一直線さ」

ジェシカは話に夢中になり、段々と興奮してくる。

「敵将達の驚いた顔は見ものだったね。それでアタシが敵総大将の……なんだったか、ベンヤミン伯爵の首を刎《は》ねたってわけさ。アタシの隊も必死だったけど、ドルーキン達、ドワーフ族の迫力は凄かったぞ。まさに戦士って感じだ」

「それで、本隊にいた者達を全員殺したのか。何人か残してくれたほうが、後のことがスムーズにいったんだけどな。分かった、ご苦労さん」

説明を聞き終わった俺はジェシカへ大きく頷く。

ここで生け捕りにしておけば交渉もしやすかっただろうし、いざとなれば南部大連合軍の誰かに手柄を譲ることもできたんだろうけど……まあ仕方ないね。

するとレイモンドが申し訳なさそうな表情で俺を見る。

「戦後の後処理や、トルーデント帝国との交渉は私がやりますが、アクスからも王宮へ報告してもらえますか？　今回の戦で一番の手柄は、敵本陣へ斬り込んで総大将の首を刎ねたフレンハイム子爵軍ですから」

「分かった」

はあ、また王都へ行くことになるのか。

戦が終わってから三日後、俺達子爵軍はタビタ平原を出発し、自領への帰路についた。

この三日間で、帝国軍の撤退が決まり、大貴族は警戒のため兵を残すものの、それ以外の貴族は領地へ戻ることになったのだ。

詳しい休戦条件などは聞いていないが、一通りの話が終われば、レイモンドは王宮へと説明に向かうことになる……俺も呼び出されるらしいけど。

その時は、改めてレイモンドからの使者が来ることになっているから、まぁ気長に待っていよう。

そんなこんなで行軍は順調に進み、一ヶ月ほどでフレンハイム子爵領へと戻ってきた。

邸の玄関を開けると、コハルが嬉しそうに吠えながら飛びかかってくる。

久しぶりにコハルのモフモフを堪能していると、廊下の奥からエルナ、リリー、セバスの三人が走ってくる。

俺は立ち上がって三人へ手を上げる。

「ただいま帰ったよ。皆も無事だ」

「激戦だったと聞いております。お疲れ様でした」

セバスが俺の顔を見て涙ぐむ。

タビタ平原の戦いが終わってすぐ、俺はスイに命じ、邸の者達へ安否の報告をしていたのだ。

エルナは俺の前に立つと、興奮して両拳を握った。

「スイから話は聞いたけど、ジェシカが大将首を取ったってね。アクスの策で戦に勝ったんでしょ？　アクスもジェシカも大手柄よね。本当に凄いわよ」

「別に凄いことはしてない、たまたま策がハマっただけだ。ジェシカのことは盛大に褒めてやってくれ」

「やめろ。アタシは武人として当然のことをしただけだ。褒められることはしていない」

俺の後ろに立っていたジェシカが、照れたように顔を背けた。

エルナの後ろにいたリリーが進み出て、深々と頭を下げる。

「本当にお疲れ様です。カーマインもドルーキンも、アクス様を守ってくれてありがとう」

「俺は邸の専属錬金術師だからな。これぐらいのことは手伝うさ」

「ドワーフは戦士だからの。どんな敵でも粉砕してやるわい」

玄関で盛り上がってると、遅れてオルバート、ボルド、クレトの三人が姿を現した。

俺は皆を見て、やっと邸に戻ってきたと実感する。

皆、ただいまー！

第8章　印刷機工場、建設!?

空はうろこ雲に覆われ、すっかり秋の気配となった。
タビタ平原での戦いから戻ってきた俺は、机の上に突っ伏していた。
今回のフレンハイム子爵軍の遠征で、莫大《ばくだい》な出費があった。
兵士達の装備、兵糧、備品、消耗品、その他の色々……
そして戻ってきた兵士達には、給金に加えて恩賞を与える必要がある。
その結果、邸の金庫の底が見え始めたのだ。
紙の収入とかも、けっこうあるんだけどな……
すると、机の上にそっと何か置かれる気配がした。
顔を上げると、リリーが微笑んでいて、紅茶とケーキが置いてあった。
「お疲れ様です。思っていたよりも出費がかさみましたね」
最近、リリーはオルバートに事務処理能力を認められ、領地の会計を任されている。
今回の遠征の会計もリリーが算出したものだ。

俺はのろのろと腕を伸ばし、紅茶を手に持つ。

「ああ、往復で二ヶ月の遠征だからな。軍事行動というのは、やたら金がかかって困る」

「何か今後の案はあるのですか？」

「ああ、あることはある……以前から温めている案だがな」

俺はひと口だけ紅茶を飲んで、ゆっくりと息を吐いた。

そしてリリーに命じ、カーマイン、ドルーキンを呼んでもらう。

二人を前にして、俺は今回の遠征で財政的に苦しくなってきていることを語った。

それを聞いて、二人とも段々と難しい表情となっていく。

そこで俺は、一枚の紙を取り出し、机に広げた。

「この設計図は、俺が考えたカラクリ機械だ。凸版《とっぱん》印刷機という。カーマインとドルーキンには、このカラクリ機械を作ってもらいたい」

「凸版印刷とは何だ？」

これもやはり、前世の記憶を頼りに作った設計図だ。

印刷したい部分を出っ張らせた版と呼ばれるものに、インクをつけ、紙に印字する印刷方法のことだ。

簡単に言えば、日常で使用する印鑑と同じ仕組みだな。

興味が湧いたらしきドルーキンが、まじまじと図を覗《のぞ》き込む。

「そうだな……原理的にはハンコと同じだな。それを、一文字一文字ずつ文字印——活字を作って、並べてからインクを付けて、紙に写すんだ」

「なるほど……ハンコは使うことがあるが、そうやって文章を印刷できるようにするのは発想になかった。だが、それで何を作るんだ？」

「本さ。領民に本を売るんだ。ゆくゆくは他領や王都で売ってもいいな」

俺の言葉を聞いて、カーマインは首を傾げる。

「本といえば高級品だろう？　一般人じゃ買えないじゃないか？」

「確かにそうだ。でもそれは、今ある本が、専門の職人が手作業で書き写す写本がメインだろう？作るのに手間がかかる分、冊数が少なくて、希少価値が出て高くなってるんだ。だがカラクリ印刷機を使えば、大量生産ができる。そうなれば大量に本を安く売りに出せると思ってな」

「なるほど、一冊金貨三枚よりも、金貨一枚のほうが多くの販売機会がある……それに本が高いのは人件費が主だから、そこをカットできるこの方法ならかなり儲けられそうだな」

さすがカーマイン、すぐに俺の言いたいことが分かったようだ。

俺達三人は夜遅くまで、凸版印刷のカラクリ機械について話し合った。

そして活字をドルーキンが作り、印刷機自体をカーマインが作製することとなったのだった。

それから三日後、印刷機の試作品が完成した。

俺達三人は、さっそく試作機が置いてある倉庫に向かう。

目の前にした印刷機は、思ったよりも大きく、かなり物々しい雰囲気だ。

あくまでも、文字を並べてインクを付けて紙に押し付ける……という工程を行うだけなので複雑な仕組みではないとのことだが……実際に使うところをカーマインに見せてもらおう。

カーマインが文字を選び、小石ほどの活字を機械にセットする。

すると活字の先にインクが塗られ、ドルーキンが機械でインクの付いた活字を紙へ押し付ける。

無事に印刷されたのだが……

「これ、同じ文字印を大量に作らないといけないし、鉄製だと凄い時間かかるんじゃ……」

「うむ。一度作ってしまえばどうということはないが、ページごとに文字を組み直しすることを考えると、結局かなり時間がかかるぞ」

ドルーキンは機械から手を放して、大きく息を吐く。

「それにこのスピードでは、機械を使っても大量生産をするには無理があるな」

ドルーキンの言葉を聞いて、カーマインが眉根を寄せている。

結局、三人で話し合い、もう一度構造を練り直すこととなった。

俺が執務室に戻り、一人でボーッと窓の外を見ていると、リリーがバケツと雑巾《ぞうきん》を持って部屋に入ってきた。

そして水を絞った雑巾で調度品やテーブルを拭いていく。

その様子を見ていた俺は、ふと気付いたことがあった。

「なぜ手袋をしてるんだ？」

「このスライム製の手袋、とっても便利なんですよ。水を通さないので、家事をする時にぴったりなんです」

そういえばあの素材、防水性能が高いんだよな。

そこまで考えて俺はハッと気付く。

印刷機に使っている金属の活字を、スライムの体液素材で作ったらいいんじゃないか？

鋳型さえ作ってしまえば、鉄よりも簡単に量産できるし、なにより低コストで済む。

俺は急いで執務室を出て、倉庫へ向かう。

汗だくで走り込んできた俺の姿を見て、機械を前にああでもないこうでもないと話していたカーマインとドルーキンは、目を白黒させる。

「二人共、スライムだ！　スライムの体液で活字を作るんだ！」

俺は自分のアイデアを話してみた。

するとドルーキンは両腕をする。

「ワハハハ。確かにそれなら簡単だのう。鋳型ならいくらでも作ってやるぞい」

カーマインは俺の顔を見て、ニヤリと笑う。

「なるほど、試してみる価値はありそうだ。スライムならゴミ処理場にいくらでもいるからね」

さっそく作業に取りかかった二人は、一週間後に試作機第二号を完成させた。

前回の機械は、文字を並べて手でインクを塗って紙を押し付けて、とほぼ手動だったが、今回は違うらしい。

まずカーマインが、スライム製の活字を並べていく。

完成した文字盤を試作機へセットすると、ドルーキンがレバーを下ろした。

すると文字盤にインクが塗られ、上から紙を貼《は》り付けた板が下りてきて、文字印に押し付けられ、紙が板から剥がれ落ちた。

紙を拾い上げたカーマインは、ニヤニヤと笑みを浮かべる。

そして両手を前にして紙を見せる。

「この文字を見ろ。しっかりと印字できてるぞ」

スライム素材は柔らかいから潰れやすいかと思っていたが、問題ないようだ。

俺達三人は飛び上がって喜んだ。

邸に戻ってリリーとエルナに文字が印字された紙を見せると、エルナが手を挙げる。

「これで私の好きな本も作りたいわ」

武術に秀でたエルナだが、実は本を読むことが大好きだ。

邸では、剣技の訓練をしていない時は、部屋で本を読んでいることが多い。

そんなエルナの隣でリリーが、体をモジモジと動かし、俺にそっと視線を向ける。

「あの……印刷の試験をする時、見本にする本を私達に選ばせてくれませんか？」

「ん？　ああ、構わないよ。俺よりも二人のほうが色々本を読んでるからな。作りたい本が決まったら、ドルーキンの所へ持っていってくれ」

それを聞いた二人は互い目を合せて頷き、部屋から出ていった。

◇◆◇

それから二週間が経ち、執務室にドルーキン、カーマイン、リリー、エルナの四人が集まった。

そしてリリーが一歩前に出て、俺の机の上に一冊の本を置く。

あまり立派な装丁《そうてい》ではないが、しっかりと綴《と》じられていて、本と呼んで差し支えない出来栄えだ。

「これが完成した本です」

俺は本のタイトルを見て目を見開く。

『薔薇《ばら》と剣～王太子殿下の危ない火遊び～』

ジッと本を見つめていた俺は、顔を上げてリリーを凝視する。

するとリリーは、頬を赤く染めて下を向いた。

「その本はエルナ様が選んだもので……それ以上は言えません」

「これは、前にリリーが王都で買ってきてくれた、女子に一番人気のあるって噂の本を印刷したのよ。内容は……男同士の恋愛ものね」

エルナは鼻息を荒くして胸を張る。

俺は眩暈を覚えて、椅子に深く座り直した。

試作機の最初の印刷がＢＬ本とは……

女子は恋愛小説が大好きだから、恋愛ものになるだろうなと思っていたけど、まさかこうなるなんて。

とはいえ、中をぺらぺらとめくった感じ、印刷に変な部分はない。紙も最高級のものではないが、文字が読みやすい程度の色味だし、本としての完成度は申し分ないだろう。

俺は大きく息を吐き、四人を見る。

「印刷本の完成、おめでとう。これなら売り物として十分の出来だ」

「せっかく本を作ったんだから、どこかで売ってみたいわね」

「そうだな。だけどこれは複製本だろう？　制作者の許可とかはいいのか？」

「元々売られてたのも、複製の複製みたいなものだし、別にいいんじゃない？」

本当か、それ？

前世の感覚で言えば、思いっきり著作権侵害なんだけど……

俺はエルナ以外の面々を見るが、微妙な顔をしている。

「基本的にこういった本は、写本を重ねられることで、作者不明になるものも多いです。許可取りをしないとも聞いていますね」

リリーがそう言った。

う～ん、やっぱり前世の記憶がある俺としては、引っかかりはするけど……そもそも写本が多少なりとも出回ってるわけだし、今更か？

一応作者を捜して、もし見つかったら、報酬を渡してから改めてお願いするしかないか。

「分かった。そういうものだと言うなら仕方ない。作者は捜すけどね。しかし、どこで売るつもりだ？　普通の羊皮紙製の写本より安く売っても利益は出るだろうけど、紙もそこまで品質の高くない紙を使っているとはいえ、安くはないぞ」

俺もどうやって印刷した本を売るか……流通経路までは考えていなかったな。

俺が黙って考えていると、エルナが目を輝かせて右拳を握りしめる。

「こうなったら、自分達で商会を立ち上げるしかないわ。それで商人と知り合って、売ればいいでしょ。商人なら金持ちも沢山知ってるし」

自ら商売をする発想はなかったな。

即答しない俺に焦《じ》れたのか、エルナは目をキラキラさせて詰め寄ってくる。

「邸に来てから一年以上、私は何も役に立てなかった。私も何かやりたいの。どんな仕事でもするから私に商会をやらせて。もう退屈な邸暮らしはイヤなの」

約一年半前のトルーデント帝国との戦いの結果、エルナは休戦協定の担保として邸に来た。

侯爵家のお姫様ということもあり、皆、エルナに仕事を振るのをためらっていたのだ。

しかしそれは、行動派のエルナにとって、退屈だったのだろう。

俺は机に両手をついて椅子から立ち上がる。

「商会を立ち上げる前に、一度領都で本を売ってみよう。本の売り方はエルナに任せる。失敗しても構わないからな」

「あの……私もお手伝いしていいですか？」

リリーが恐る恐る手を挙げる。

エルナとリリーは一緒に料理や菓子を作ったりする仲で、もう友達と言っていい。

友人のやる気を応援したい気持ちも分かる。

カーマインとドルーキンはニッコリと微笑んで一歩前に出る。

「俺も手伝わせてもらおう」

「お嬢ちゃん達が頑張るんだ。わしも一肌脱ぐわい」


それから二週間後、カーマインが執務室へ俺を呼びに来た。

どうやら、エルナとリリーが街で店を開いていると言う。

まだ、店を開くほどの在庫はないと思うけど……

俺は不思議に思い、カーマインと二人で街へ向かった。

しばらく街の大通りを進むと、カーマインは細い路地へと俺を案内する。

俺は怪訝に思い、カーマインに問う。

「こんな路地に店なんてあるのか？」

「黙ってついてくるといい。面白い光景が見られるぞ」

言われるがままに歩いていくと、路地に若い女子が並んでいた。

なんだか、地下アイドルのサイン会みたいだな。

列に沿って前に進んでいくと、小さな小屋があった。

列の先頭にいる女子が、その小屋の前に立ち、小屋の中の者と何かを話している。

そして話し終わると銀貨を手渡し、本を受け取って嬉しそうに去っていった。

次に並んでいた女の子が小屋に入っていったので中を覗くと、机の上に本を積み上げ、ベールを被ったリリーとエルナが座っていた。

リリーは目の前に立つ女の子と、何やら話をしている。

そしてリリーは隣に座るエルナを手の平で示す。

「この方が『薔薇と剣～王太子殿下の危ない火遊び～』を書かれた、恋愛の神ネルナ様です。この本を持てば、あなたの恋愛は成就するでしょう」

そしてエルナは小声でブツブツと呟き、仰々《ぎょうぎょう》しく本を手渡す。

すると女の子は頬を赤くして、銀貨数枚を支払い去っていった。

俺が呆然とその様子を見ていると、隣でカーマインの眼鏡がキラリと光る。

「この売り方、占い師を参考にして俺が考えたんだ。なかなかの評判なんだぜ」

エルナに偽名を使わせて何やってるんだよ！

思いっきり怪しい商売になってるじゃないか！

腹に据えかねた俺は、自慢気にしているカーマインを拳でぶっ飛ばした。

その後、リリーとエルナに本の販売を中止させたことは言うまでもない。


あの本の売り方を伝授したカーマインは、オルバートによって長時間の説教を受けることになった。

そして今、俺の前にエルナとリリーが反省した表情で立っている。

「ごめんなさい。ああすれば売れるって言われたから信じちゃって。本当にごめんなさい」

「本来なら私が止める役目なのに、エルナ様と一緒になって本を売ってしまい、申し訳ありません」

エルナはお姫様だから、商品の売り方なんて知らないよな。

それにリリーもしっかりしてるほうだけど、カーマインからの指導だから素直に聞いてしまうのも仕方がない。ああいう屁理屈《へりくつ》をこねるタイプには弱いのだ。

二人共、顔にベールをしていて正体がバレていないことだけが幸いだったな。

俺は黙ったまま、今後、どうすれば本が売れるかを考える。

すると、エルナが真面目な表情をして一歩前に出る。

「私、本を売りたい。もう一度やらせて。次は失敗しないから」

一度の失敗で店をやめさせるのも、少し大人げないかな。

俺は椅子から立ち上がり、二人を見て微笑む。

「二人には引き続き本を売ってもらう。今度は俺が指導するよ」

俺には前世の日本の記憶がある。商売なら何とかなるはずだ。

あと、未だに作者が見つかっていないのが気にはなってるんだよな。

一応、スイに頼んで王都で情報収集してもらってるんだけど……どうやら王都で売っていた本も写本だったそうで、その作者まで辿ることができなかったようだ。作者名も『アンナ』としかなく、個人を特定できない。そのうち見つかることを祈るばかりだ。

ともかく、売るからには成功させるしかない。

俺は執務室にオルバートを呼び、領都フレンス内の空き店舗《てんぽ》を手配させる。

ドルーキンに協力してもらって、店舗内の内装や装飾を改装する。

そうして二週間後、店が完成し、いよいよ本を売ることになった。

◇　◆　◇

開店前に店に行くと、エルナとリリーがメイド服で立っていた。

エルナは不思議そうにメイド服の裾《すそ》を摘《つ》まんでいる。

「なぜ本を売るのにメイド服なの？　それになぜ、お客に紅茶とクッキーを注文させるの？」

この店は本を売る店だ。

しかし売る本は『薔薇《ばら》と剣～王太子殿下の危ない火遊び～』しかない。

本一種類だけでは味気ないので、メイド喫茶風の店にしたのだ。

店の中で紅茶とクッキーを注文したお客は、本を買わずとも読むことができる仕組みにした。

これなら本を買えない者達でも気軽に本が読める。

もちろん、気に入ったなら買って帰ってもらっていい。

「さあ、本屋『こもれび』開店だ。皆、それぞれ持ち場について」

店の名前はエルナが考えたものだ。なかなか可愛い名前で女性ウケしそうということで採用した。

俺の指示で、リリーがビラの束を胸に抱えて外へ出ていった。

リリーは可愛く大声を出しながら、道行く人々へ紙を手渡していく。

「本と紅茶とクッキーの店『こもれび』でーす。よかったら、立ち寄ってくださーい」

はじめは通り過ぎていた人達も、何事かと集まり出した。

そして一時間後、ちらほらと客が店の中へ入ってくる。

店内ではエルナがテキパキと接客をこなしていた。

「紅茶とクッキーをお召し上がりください。ご主人様」

エルナに話しかけられた男性客は、頬を赤くしてウンウンと頷いている。

時折、店の棚にある本を興味深そうに手に取る客も現れた。

より庶民に本が行きわたりやすいよう、紙の品質を下げ、本の値段を銀貨五枚にした。

さて、どうなるかな？


店を開店させて一週間、店の前には、常に行列ができていた。

エルナとリリーだけでは人手が足りなくなってきたので、邸のメイド達も交代で店で働いてもらうことにした。

そしてカーマインにも執事服を着せて、店で働いてもらう。

黙っていれば、そこそこイケメンに見えるからな。

店は三人に任せて、執務室で事務作業をしていると、扉が開いてクレトが飛び込んできた。

「俺とドルーキンだけじゃ、もう本の生産が追いつかないよ。何とかしてくれー」

そうだった、カーマインが店の手伝いをしているので、彼の代わりに本作りの作業をクレトに押し付けたんだ。

本一冊を完成させるのに、印刷機を使って約五時間かかる。

一日、三冊の生産が限度だ。

とりあえず、印刷機をもっと沢山作って、人手を集めないとな。

機械のほうはドワーフに頼むとして、印刷や製本作業を行う人員が必要だ。

俺はジェシカを呼び出して、冒険者ギルドへ行ってもらった。

作業自体は単純なものなので、冒険者に依頼を出そうと思ったのだ。

駆け出しの冒険者には、いい小遣い稼ぎになるだろう。

そしてドルーキンとクレトには、また別の本の文字盤を作る作業をしてもらうことにした。

あとは……店で働くメイドも募集しないとな。

というわけで、商業ギルドを訪れることにした。

なかなか機会がなくて、初めて訪れたけど……建物の中は広く、高価な装飾品が飾られている。

羽振《はぶ》りがよさそうだ。

受付で名乗ってからギルドマスターに会いたいことを伝えると、受付嬢は四階の部屋へ案内してくれた。

室内に入ると、老年の紳士が俺に向けて礼をする。

「ギルドマスターのベンジャミンと申します。領主様、今回はどのようなご用件で？」

「俺の個人名義で商会を立ち上げたくてね」

「街で噂になっている、本を売る茶屋のことですな。子爵領以外の南部地域に店舗を展開されるつもりですかな？」

「それもあるが、将来的には王都で商売をしたいと考えている」

「なるほど、貴族相手となると商会が必要ですな」

さすがは商業ギルドマスター、話が早い。

商業ギルドはその名の通り、商会を束ねる立場にある。

この王国では商業ギルドの権力が強く、彼らに睨まれたら、商売は二度とできないと言われているほどだ。

領都で小さな店を出すだけなら商業ギルドに加入する必要はないが、他の街や他領、あるいは王国中に店舗を展開するとなると、話は別だ。

商業ギルドへ加入し、他領でもスムーズな商売ができるよう、根回しが必要になってくる。また、一定の金額をギルドへ納める必要がある。

こう言うとデメリットばかり目につくが、もちろんメリットもあって、開店手続きなどが楽になるのと、貴族からの信頼も厚くなるのだ。

というわけで、俺はベンジャミンの承諾を得て、商業ギルドへ『こいはる商会』としての加入を済ませた。

商会の名はコハルから連想したものである。

そして、店員の募集依頼もかけておく。

さあ、あとは本を作って売るだけだな！

◇◆◇

それから一ヶ月後。

ドワーフのおかげで印刷機の生産が完了し、以前使用した隔離施設の隣に、印刷工場が建設された。

印刷機二十台が置かれ、日に六十冊の本ができるようになっている。

冒険者ギルドで集めた作業員もしっかり働いてくれているし、新しい本の印刷も始めた。

店員についても、商業ギルドでいい人材が集まった。

これで営業は軌道に乗るだろう。

本については皆に任せ、俺は領主としての仕事に集中することにした。

そんなある日、リリーが執務室に慌てて入ってきた。

「アクス様、大至急、『こもれび』まで一緒に来てください。早く、早く」

俺は何が起きているのか分からないまま、リリーと一緒に『こもれび』へ向かう。

店内に入ると、エルナと見知らぬ赤毛の少女が向き合って立っていた。

俺の姿を見つけたエルナは、困った表情で視線を送ってくる。

いったい、何が起こってるんだ？

不思議な表情で首を傾げていると、少女が振り返り、俺のほうへと歩いてくる。

そして俺の目の前に本をかざした。

「もしかして、私の本を勝手に量産して売っているのは領主様だったの？　まあいいわ。私が書いたんだから、取り分をちょうだいよ」

まさか作者本人か!?

彼女の名はアンナといい、十五歳で、この領都フレンスで母親と二人暮らしだそうだ。

まさかこの領都に住んでるとは思わなかった。王都じゃなくてこっちを調査させればよかったよ！

目を吊り上げ、アンナは俺を指差す。かなり強気なようで、ずっとタメ口だ。別にそれでもいいんだけどさ。

「私が書いた物語を勝手に本にして、自分達だけで儲けようとなんて酷いじゃない」

「王都で買った本にはアンナって書かれていたけど、それだけでは、どこに住んでいるアンナか分からないだろ。だから王都で作者を探していたんだ。見つかったらちゃんと報酬を払うつもりだったんだ」

「とにかく、私が物語を考えたんだから、取り分をちょうだいよ」

そう言ってアンナは右手の平を俺に差し出す。

もちろん俺としては、作者に取り分を渡すつもりだ。

でも……自身で作者だと言われても、信用できないんだよな。

何か証明する手立てはないものか。

俺は考えた末、フーっと息を吐いてアンナを見直す。

「君が本当に作者だというなら、取り分を渡すのは当然のことだ。ただ、今はその証拠がない。新しい作品を見せてくれ。それで判断しよう。君が作者と分かれば正式に取り分は渡す」

「いいわよ。受けて立つわ」

そう言ってアンナはキッと俺を睨みつけ、身を翻して店から出ていった。

しばらくすると、革の鞄に羊皮紙の束を詰め込んでアンナが戻ってきた。

「さあ、私の新作よ。読んでみなさい」

羊皮紙なんて高級だろうに、このページ数……本当に物語を描くのが好きなんだな。

俺はエルナに声をかけ、羊皮紙の束を手渡す。

「俺は『薔薇と剣～王太子殿下の危ない火遊び～』を読んでいないから、彼女が作者かどうか分からない。エルナが読んで判断してくれ」

「『薔薇と剣～王太子殿下の危ない火遊び～』の作者の新作なんて尊すぎるわ！」

エルナ、少しキャラが変わってないか？

椅子に座ったエルナは目の色を変えて小説を読み出した。

「ウヒョヒョー！」

エルナは一ページ読む度に、変な声を発して恍惚《こうこつ》の表情を浮かべている。

これって、年頃の姫がしていい表情ではないよな。

一気に全て読み終えたエルナは、鼻息を荒くして、椅子から立ち上がった。

「アンナ様は『薔薇と剣～王太子殿下の危ない火遊び～』の作者に間違いないわ。物語の流れといい、文体といい、もう最高よ」

エルナの言葉を聞いたアンナは両手を腰に当てて、薄い胸を張る。

「あんた見所あるわね。私と趣味が合いそう」

「光栄でございます。アンナ様」

エルナはアンナの両手を強引に握りしめ、涙を流す。

なんだか分からんが、意気投合して、いいコンビだな。

キャラの変わってしまったエルナを見て、顔を引きつらせながら俺は頷いた。

「エルナが証人だ。アンナを本当の作者として認めよう。アンナの取り分は本の売値の一割でどうだ？」

「物語を書くって大変なのよ。それに私はお金が大好きなの。だから二割」

「それはアンナ個人のワガママだから一割五分」

その言葉に、アンナは頬を膨らませながらも手を差し出す。

俺はアンナと握手し、交渉はまとまった。

その後、俺とアンナは話し合い、アンナはフレンハイム子爵家の専属作家となり、明日にでも邸に住むことになった。母親も、せっかくなのでそのまま邸で雇い入れた。

アンナはエルナの友達としてもピッタリだからな。

そしてアンナは今まで書き溜めてきた作品を手直しして、エルナがそれを読み、本にするかを判断することになった。

一週間後、アンナの二作目となる『伯爵と執事の言えない関係』が印刷されることになった。

……俺としては、もうちょっと男の人も買いやすいというか、誰にでもウケのいいものを描いてほしいんだけどね。

◇◆◇

アンナが邸に住み始めて十日が経った。

やはりエルナとの相性はいいようで、リリーと三人で、とても上手くやっているようだ。

執務室で事務作業をしていると、オルバートが扉を開けて入ってくる。

「エクムント辺境伯から封書です」

受け取って読むと、予想していた通りの内容だった。

それは、帝国との交渉を終え、報告しに行くから俺も来るように、という内容だった。

どうやら、王都に向かう途中の街から送られた手紙のようで、書かれている旅程によれば、既にレイモンドは王都に着いているようだ。

戦そのものの国王陛下への報告はレイモンドが済ませているらしい。俺からの報告は、副次的なもので急ぎではないこともあり、レイモンドが忙しくなくなる一ヶ月後に、俺が王都に着くように、計算して手紙を送ってきたようである。

黙ったまま手紙を眺めていると、オルバートが一つ咳払いをする。

「どのような内容か、聞いてもよろしいですか？」

「レイモンドが、王都に来いってさ」

「どうされるのですか？」

「もちろん行くさ」

するとオルバートは「準備を整えます」と言って執務室を出ていこうとする。

「ああ、大丈夫。スイに頼むから」

俺がそう言って止めると、オルバートは不思議そうに首を傾げる。

王都まで馬車で行けば一ヶ月かかるし、経費もかさむ。

転移で移動したほうが楽でいいよね。

俺は天井に視線を向け大声を出す。

「スイ、いるんだろ。出てこい」

天井裏から「御意」という言葉が聞こえ、天井の板が外れてスイがヒラリと現れた。

俺は片膝をついているスイへ向けて腕を伸ばす。

「俺を王都へ転移させてくれ」

「え!? 人と一緒に転移したことはないでござる。危険でござる。無理でござる」

簡単にできるものだと思っていたけど、どうやら違うらしい。

転移魔法は便利だが、一歩間違えると危険な魔法だ。

失敗すれば、壁に体が埋まったり、地中や空へ転移したりする可能性だってある。

スイがためらう気持ちも理解できるけど……

「でもやってみないと、成功するか失敗するかも分からないだろ。失敗してもいいから、実験してみよう」

「何が起こっても知らないでござるよ」

「ああ、やってくれ」

俺は片膝をついてスイの手を握る。

戸惑いの表情を浮かべていたスイは、意を決したように大きく頷く。

「転移」

スイの言葉と共に目の前が真っ白になり——次の瞬間には、知らない路上にいた。

ここは……王都なのか？

目の前にいるスイに問いかけようとすると、彼女はアワアワと顔を真っ赤にして目を逸らす。

なんだか肌寒く感じて自分の体を見ると、一糸まとわぬ姿だった。

「うわぁ!?　なんで裸なんだよ」

「知らないでござる。知らないでござる」

パニックを起こしたスイは、目を白黒させて立ち上がると、転移で姿を消した。

俺は下半身を両手で押えて、スイのいた場所へ向けて叫ぶ。

「こんな場所で、裸で一人にするなー！」


俺は通行人に通報されて衛兵に捕まった。

衛兵の詰所に連行され、尋問を受けることになった。一応、簡素なものだけど、服は着させてもらっている。

尋問役の人のよさそうな衛兵のおじさんが、俺へ生暖かい視線を向けてきた。

「何があったか知らないが、路上で裸になるのはダメだろ。ストレスが溜まっているなら、俺が愚痴ぐらい聞いてやるぞ」

「裸でいたのは不可抗力で……転移魔法に失敗したんだ……」

「転移魔法か、希少魔法じゃないか。転移魔法に憧れていたのか……服を脱げば転移できると思ったのか？」

衛兵のおじさんは今にも噴き出しそうだ。

俺の言うことを全く信じていないよね。

俺は大きくため息をつく。

「ここは王都リンバイかな？」

「ん？　ああ、そうだ。お前は王都の路上でストリーキングをしたってわけさ。大した度胸だと思うぞ。俺には絶対にできないことだからな」

衣服が転移できなかった原因は分からないけど、王都には転移できたわけか。

とにかく、原因究明は後回しだ。

俺は気持ちを切り替え、衛兵のおじさんをまっすぐに見る。

「俺の名はアクス・フレンハイム。フレンハイム子爵だ。転移実験に失敗して裸になってしまったんだ。エクムント辺境伯と会う約束がある。ここから解放してもらいたい」

「ほう、お前が子爵、貴族だと？　身元を証明するものはあるか？　いや、持ってないよな、裸だったんだから」

「エクムント辺境伯に問い合わせしてもらいたい。フレンハイム子爵が王都まで会いに来たと言えば分かる。俺の身元を保証してくれるから」

「お貴族様にそんな問い合わせできるか！　いい加減なことを言うな！」

俺の言葉を聞いて、衛兵のおじさんは机を拳でバンと叩く。

嘘は言ってないんだけど……裸で路上にいた男が言っても説得力がないよね。

しばらく尋問を受けた俺は、詰所の地下にある牢《ろう》に入れられることとなった。

裸でないことだけが救いだね。

地下牢の床でゴロゴロしていると、人の気配が消えた。

何が起こったのかと起き上がって周囲を気にしていると、地上へ続く階段からスイが姿を現した。

「アクス様、今すぐお救いするでござる」

「詰所にいた衛兵達はどうした？」

「眠りの香を焚《た》いたでござる。スヤスヤと気持ちよさそうに寝ているでござるよ」

詰所を襲撃したってこと？

それって犯罪じゃないか⁉

しかし、俺を助け出すには有効な手段ではある。

スイに牢の鍵を開けてもらい外に出る。

階段を上って地上に出ると、衛兵達がその場に倒れて眠っていた。

俺は心の中で手を合わせて謝罪し、詰所を後にした。

表に出るなり、スイがシュンとした表情で俯く。

「動揺したとはいえ、アクス様を路上に放置し、申し訳ないでござる」

「助けに来てくれたんだから許すよ。それより今はエクムント辺境伯の別邸へ行こう。レイモンドなら俺達を助けてくれるはずだ」

「では、こちらでござる」

スイは前を走り、俺を誘導する。

しばらく走ると、通りに並ぶ家々が、これまでの一般的な大きさから、大きな邸へと変わった。どうも貴族地区へと入ったようだ。

そしてスイは一軒の邸の門前で立ち止まり、俺の方へ顔を向ける。

「ここがエクムント辺境伯様の別邸でござる。話を通してくるでござるよ」

スイはそう言って、衛兵に話しかけに行く。

するとすぐに衛兵は邸に入っていき、五分くらいでレイモンドが出てきた。

そして門に到着したレイモンドが、俺の姿を見てプッと噴き出す。

「アハハハ、アクス、その衣服はどうしたんですか？」

「事情は後で話す。緊急事態なんだ。早く邸の中へ入れてくれ」

ひとしきり笑い終えたレイモンドは門を開けて、邸の中へと案内してくれた。

客室のソファに座った俺は、転移で王都に到着し、衛兵に捕まった経緯を話す。

話を聞いている間、レイモンドは腹を抱えて笑っていた。

「アクスはいつも僕の予想外の面白いことを起こしますね。衛兵のことは僕がなんとかしましょう。衣服も用意させます」

「助かるよ」

「タビタ平原の戦いについては、既にベヒトハイム宰相へ報告を済ませています。アクスと合流した後に、もう一度王宮へ来るように、宰相閣下から言われているんです。明日、一緒に王宮へ行きましょう」

「了解した」

その日、俺はレイモンドの別邸に泊まることとなったのだった。

◇◆◇

翌日、朝食を済ませた俺は、レイモンドが用意してくれた衣服に着替え、彼と一緒に王宮へ向かった。

事前にレイモンドが連絡を入れてくれていたらしく、近衛兵の案内で、宰相の執務室へすぐに案内してもらう。

宰相は部屋の中で、書類作業に追われていた。

そして俺とレイモンドの姿を見ると、椅子から立ち上がり、俺達のほうへ歩いてくる。

「タビタ平原の戦い、ご苦労であった。アクスについては様々な者から報告が入っている。特に、ハラデテール伯爵とコビヘラート男爵、それにコーネリウス伯爵からな……三人共、随分な言いようだったがな。アクスは利のためなら何でもする男だそうだな？」

「ああ……私の軍の兵士が、敵軍総大将達を全て討ち取ってしまいましたからね。何名か残しておくべきでした。そのように命じていなかったのは私の落ち度です」

俺は深々と頭を下げる。

しかし宰相は首を横に振った。

「いやいや、謝ることはない。レイモンドから、開戦前の南部諸侯の態度や、アクスと二人で作戦を立てたことも聞いている。アクスの活躍がなければ、帝国軍に敗れていたかもしれん。もっと胸を張っていい」

ベヒトハイム宰相の言葉にレイモンドを見ると、何も言わずに大きく頷く。

俺は再び、ベヒトハイム宰相に頭を下げた。

「そう言っていただけると、救われた気持ちです」

「国王陛下に、アクスが来たと報告してくる。今日の陛下は少し忙しいから貴賓室で待つように」

それから貴賓室で三時間ほど待ち、謁見の間に通された。

謁見の間に入ると、国王陛下は玉座に座っていた。

俺とレイモンドが膝をつくのを見て、国王陛下は満足そうに頷く。

「フレンハイム子爵、此度《こたび》の戦い、大儀であった。敵軍総大将、その他の幹部どもの首を討ち取ったこと、褒めてつかわす」

「ありがたき幸せ」

「南部諸侯の一部からは、そなたについての苦情も上がってきておるが、エクムント辺境伯からの報告もある。余はフレンハイム子爵のことはよく知っている。そなたのことを信じよう。これからも南部を支える柱となってくれ」

「御意にございます」

国王陛下は、含みのある笑みを浮かべる。

どうやら、俺が色々と理解した上で、レイモンドに花を持たせたことを分かっているようだ。

それから国王陛下は座り直し、真剣な表情で俺を見る。

「アクス・フレンハイム子爵よ、タビタ平原での功に鑑み、褒美を与える。陞爵《しょうしゃく》し伯爵とする」

「身に余る光栄、ありがたく承ります」

とは言ったものの陞爵なんてしたら、南部諸侯から睨まれないか？　国王陛下は何を考えているんだ？

俺が心の内で戸惑っていると、ベヒトハイム宰相がおもむろに一歩前に出る。

「陞爵の理由だが、さすがに敵軍総大将を討つという功績を上げた者に何もしないわけにもいかぬ。

それともう一つだが……エクムント辺境伯はまだ若く、爵位も継いだばかり。一人で南部諸侯をまとめるのは、何かと苦労が多かろう。そのため、フレンハイム伯爵と支え合い、南部地域を盛り立ててほしいのだ。特にフレンハイム伯爵の才覚には期待しておるぞ」

ベヒトハイム宰相の言いたいことは分かるけど……現状、南部諸侯から睨まれてるのは俺なんだけどな。

これ以上、損な役割を押し付けられても困るんだけど。

とはいえ、そんな文句を言えるわけがない。

「期待に応えられるよう、精進いたします」

俺はそう言って、頭を下げるしかないのだった。

フォルステル国王陛下との謁見が終わり、俺、レイモンド、ベヒトハイム宰相の三人は別室へ移動した。

俺の前に座ったベヒトハイム宰相は、一つ咳払いをする。

「では、タビダ平原の戦いの事後処理について説明をしよう。現在、レイモンドが帝国と交渉を重ねているが、難航していてな」

その言葉に、レイモンドが頷く。

「私と交渉しているのは、帝国のハルムート伯爵です。敵兵の身柄の受け渡し、その身代金、損害賠償などの交渉を行っています。こちらの希望は、兵士の返還の代わりに国境の回復と、損害賠償金の支払いなのですが……これまで三度、交渉してきましたが、賠償金が高いと、ハルムート伯爵は全てを拒否していまして」

レイモンドは申し訳なさそうに頭を深く下げる。

このまま交渉が難航すれば、レイモンドの辺境伯としての実力が問われることになる。

特にお金のことについては、俺を含め、南部諸侯は自前で経費を捻出《ねんしゅつ》している。報奨金を与えなければ、一気に不満が噴出《ふんしゅつ》するぞ。

ベヒトハイム宰相は両手をテーブルに置き、長い息を吐く。

「王宮が交渉に乗り出してもいいが、必然的に帝国側も中枢《ちゅうすう》が出てくる。まあ、それで上手くまとまりはするだろうが……それによって、レイモンドは王宮を頼ったと諸侯達から非難されるだろう。南部の統率が失われる事態になりかねん。王宮としては、それは避けたい」

やはりベヒトハイム宰相も南部が秩序を失うことを気にしてるんだな。

俺が黙ったまま二人の様子を見ていると、ベヒトハイム宰相と目が合った。

「そこで、アクスには、トルーデント帝国との交渉についてレイモンドと協力してもらいたい。二人で知恵を合わせ、この問題の解決にあたってくれ」

「伯爵になったばかりの若輩者が、敵軍との交渉を上手く収めることなどできません。申し訳ありませんが、お断りいたします」

俺がそう即答すると、宰相はじっと見つめてくる。

「レイモンドが交渉に失敗すれば、南部諸侯の均衡が崩れ、誰が勢力を伸ばすかの争いが起こる。そうなれば、一番先に狙われるのは誰だと思う？」

先の戦で、奇策を持って敵将を討ち取り、功を全て奪ったのは誰か？

その功によってフォルステル国王陛下から陞爵を賜ったのは誰か？

コーネリウス伯爵、ハラデテール伯爵、コビヘラート男爵から恨まれているのは誰か？

……全部、俺じゃねーかよ。

どう考えても南部の均衡が崩れたら、真っ先に潰されるのは俺の領地だ。

俺は諦めの息を吐きつつ、ベヒトハイム宰相へ頭を下げる。

「その任、謹《つつし》んでお受けいたします」

まったく、のんびり自分の領地を発展させようと思ってたってのに……まあ、この仕事もそのための一歩と思って頑張るしかないよな。

ハズレ属性土魔法のせいで辺境に追放されたので、
ガンガン領地開拓します!
1~5
Hazure Zokusei Tsuchimaho No Sei De Henkyo Ni Tsuiho Saretanode, Gangan Ryochikaitakushimasu!
Author
潮ノ海月
Ushiono Miduki
第13回
アルファポリス
ファンタジー小説大賞
優秀賞
受賞作!!
ハズレかどうかは使い方次第!?
蔑まれてる土魔法で
未開の村を
快適に開拓!!
コミックス
1~2巻
好評発売中!
グレンリード辺境伯家の三男・エクトは、土魔法のスキルを授かったせいで勘当され、僻地のボーダ村の領主を務めることに。護衛役の五人組女性冒険者パーティ『進撃の翼』や、メイドとともに、ボーダ村に到着し、彼が土魔法で自分の家を建てると、誰も真似できない魔法の使い方だと周囲は驚愕! エクトの土魔法で、ボーダ村はめざましい発展を遂げていく!?
全5巻好評発売中!
●各定価:1320円(10%税込)
●Illustration:しいたけい太
ハズレかどうかは使い方次第!?
隠れチートな【土魔法】で
辺境を大改造!
仲間の美少女も大活躍! 不遇貴族の都市開発記、第1巻!
●各定価:748円(10%税込)
●漫画::Utah ●B6判

原作 潮ノ海月
漫画 Utah
ハズレ属性土魔法のせいで辺境に追放されたので、ガンガン領地開拓します!
Hazure Zokusei Tsuchimaho No Sei De Henkyo Ni Tsuiho Saretanode, Gangan Ryochikaitaku Shimasu!
1~2
大好評発売中!!
超レア鉱石が潜む魔の樹海に挑む!
ハズレかどうかは使い方次第!?
隠れチートな【土魔法】で
辺境を大改造!
伝統ある貴族・グレンリード辺境伯家のエクトは、成人の儀式で「土魔法」のスキルを授かる。戦闘向きではない土魔法はいわゆる「ハズレ属性」。父親に勘当され、魔獣はびこる僻地・ボーダ村領主に任命されてしまう。しかしエクトは「ある秘密」のおかげで常人には思いつかない土魔法の活用法を考案しており、逆境をどんどん覆す!強く美しい女冒険者パーティ「進撃の翼」を始めとする仲間とも知り合い、魔獣を倒し、森を切り拓き、畑を耕し……土魔法のおかげで、ボーダ村はめざましい発展を遂げていく!?
無料で読み放題
今すぐアクセス!
◎B6判 ◎各定価:748円(10%税込)

Re:Monster
リ・モンスター
1~9・外伝
8.5
暗黒大陸編1~4
金斬児狐
Kanekiru Kogitsune
シリーズ累計
170万部
（電子含む）
突破!
2024年4月4日~!
TVアニメ
放送開始!!
（TOKYO MX、BS11ほか）
ネットで話題沸騰!
怪物転生ファンタジー
最弱ゴブリンの下克上物語 大好評発売中!
コミカライズも大好評!
【小説】
1~9巻／外伝／8・5巻
◉各定価：1320円（10%税込）
◉illustration：ヤマーダ
新章
【小説】
1~4巻（以下続刊）
◉各定価：1320円（10%税込）
◉illustration：NAJI柳田
【漫画】
1~11巻（以下続刊）
◉各定価：748円（10%税込）
◉漫画：小早川ハルヨシ

異世界ゆるり紀行
～子育てしながら冒険者します～
1～15
水無月静琉
Minazuki Shizuru
シリーズ累計
110万部（電子含む）
突破!!
2024年7月
TVアニメ
放送開始!!
（テレ東・BSテレ東ほか）
1～15巻
好評発売中!
コミックス
1～8巻
好評発売中!
子連れ冒険者の
のんびりファンタジー!
神様のミスで命を落とし、転生した茅野巧。様々なスキルを授かり異世界に送られると、そこは魔物が蠢く森の中だった。タクミはその森で双子と思しき幼い男女の子供を発見し、アレン、エレナと名づけて保護する。アレンとエレナの成長を見守りながらの、のんびり冒険者生活がスタートする!
異世界ゆるり紀行
子育てしながら冒険者します
水無月静琉
転生したら双子を保護しました。
特別賞受賞作!
子連れ冒険者の異世界のんびりファンタジー!
異世界ゆるり紀行
子育てしながら冒険者します
水無月静琉
みずなともみ
1
転生したら、幼い双子を保護しました。
シリーズ累計
15万部!!
◉各定価：1320円（10%税込）◉Illustration：やまかわ
◉漫画：みずなともみ B6判 ◉各定価：748円（10%税込）

HIROAKI NAGASHIMA
永島ひろあき
さようなら竜生、こんにちは人生
GOOD BYE, DRAGON LIFE.
1~24
シリーズ累計
100万部!
(電子含む)
ネットで話題!
2024年
TVアニメ化
決定!
コミックス
1~12巻
好評発売中!
ネットで話題! 辺境から始まる元最強竜転生ファンタジー!
最強竜が人に転生!
「ふむ、村人生活も悪くないな」
最強最古の神竜は、辺境の村人ドランとして生まれ変わった。質素だが温かい辺境生活を送るうちに、彼の心は喜びで満たされていく。そんなある日、付近の森に、屈強な魔界の軍勢が現れた。故郷の村を守るため、ドランはついに秘めたる竜種の魔力を解放する!
1~24巻 好評発売中!
各定価：1320円(10%税込) illustration：市丸きすけ
さようなら竜生、こんにちは人生 1
最強竜が人に転生!
「村人生活も悪くない」
20万部!
待望のコミカライズ!!
漫画：くろの B6判
各定価：748円(10%税込)

この作品に対する皆様のご意見・ご感想をお待ちしております。

おハガキ・お手紙は以下の宛先にお送りください。

【宛先】

〒150-6019 東京都渋谷区恵比寿 4-20-3 恵比寿ｶﾞｰﾃﾞﾝﾌﾟﾚｲｽﾀﾜｰ 19F
（株）アルファポリス　書籍感想係

メールフォームでのご意見・ご感想は右のＱＲコードから、
あるいは以下のワードで検索をかけてください。

アルファポリス　書籍の感想　検索

ご感想はこちらから

本書は Web サイト「アルファポリス」（https://www.alphapolis.co.jp/）に投稿されたものを、改題、改稿、加筆のうえ、書籍化したものです。

辺境《へんきょう》領主《りょうしゅ》は大貴族《だいきぞく》に成《な》り上《あ》がる！

チート知識《ちしき》でのびのび領地経営《りょうちけいえい》します

潮ノ海月（うしおのみづき）

2024年 4月 30日初版発行

編集－村上達哉・芦田尚
編集長－太田鉄平
発行者－梶本雄介
発行所－株式会社アルファポリス
〒150-6019 東京都渋谷区恵比寿4-20-3 恵比寿ｶﾞｰﾃﾞﾝﾌﾟﾚｲｽﾀﾜｰ19F
TEL 03-6277-1601（営業）　03-6277-1602（編集）
URL https://www.alphapolis.co.jp/
発売元－株式会社星雲社（共同出版社・流通責任出版社）
〒112-0005 東京都文京区水道1-3-30
TEL 03-3868-3275
装丁・本文イラスト－すみしま
装丁デザイン－AFTERGLOW
印刷－中央精版印刷株式会社

価格はカバーに表示されてあります。

落丁乱丁の場合はアルファポリスまでご連絡ください。

送料は小社負担でお取り替えします。


ISBN978-4-434-33768-0 C0093